Wern
Nur einer

Dieser Band ist auf 100% Recyclingpapier gedruckt. Bei der Herstellung des Papiers wird keine Chlorbleiche verwendet.

Der Autor:

Werner J. Egli wurde 1943 in Luzern geboren. Schon als junger Mann unternahm er ausgedehnte Reisen durch Amerika. Seit mehr als zwanzig Jahren lebt Egli in Tucson/Arizona. Sein schriftstellerisches Interesse gilt besonders der Schilderung sozialpolitischer Konflikte innerhalb der amerikanischen Gesellschaft. Außerdem ist Werner J. Egli als Übersetzer tätig. Seine Bücher wurden mehrfach ausgezeichnet, u. a. mit dem Friedrich-Gerstäcker-Preis und dem Preis der Leseratten des ZDF.
Weitere Titel von Werner J. Egli bei dtv junior: siehe Seite 4

Werner J. Egli

Nur einer kehrt zurück

Deutscher Taschenbuch Verlag

Von Werner J. Egli sind außerdem
bei dtv junior lieferbar:
Bis ans Ende der Fährte, dtv junior 70159
Samtpfoten auf Glas, dtv pocket 7876
Martin und Lara, dtv pocket plus 78059
Tarantino, dtv pocket plus 78068

Ungekürzte Ausgabe
In neuer Rechtschreibung, Stand 1996
Februar 1998
Deutscher Taschenbuch Verlag GmbH & Co. KG,
München
© 1994 Verlag Carl Ueberreuter, Wien
ISBN 3-8000-2407-1
Umschlaggestaltung: Jorge Schmidt und
Tabea Dietrich
Umschlagbild: Ulrike Heyne
Gesetzt aus der Stempel Garamond 11/13˙
(Diacos, Barco Optics 300 Q)
Gesamtherstellung: Ebner Ulm
Printed in Germany · ISBN 3-423-70468-3

Inhalt

Über King Island 9

6. Januar
Der erste Tag
Auf der Fährte des Bären 11

7. Januar
Der zweite Tag
In der Strömung 44

8. Januar
Der dritte Tag
Ein Flugzeug 69

9. Januar
Der vierte Tag
Einer bleibt zurück 83

10. Januar
Der fünfte Tag
Ein durchsichtiger Eisbär 104

11. Januar
Der sechste Tag
Wintersonne 117

12. Januar
Der siebte Tag
Geisterwelt 139

13. Januar
Der achte Tag
Der Küste entgegen 149

14. Januar
Der neunte Tag
Simons Mukluks hängen still 155

15. Januar
Der zehnte Tag
Stiller Kampf 170

16. Januar
Der elfte Tag
Von den Geistern verlassen 172

17. Januar
Der zwölfte Tag
Gras im Schnee 176

18. Januar
Der dreizehnte Tag
Die Hütte 181

19. Januar
Der vierzehnte Tag
Der Wunsch zu träumen 189

20. Januar
Der fünfzehnte Tag
Allein in der Tundra 193

21. Januar
Der sechzehnte Tag
Süßes Wasser 194

22. Januar
Der siebzehnte Tag
Ein Zeichen im Sturm 197

23. Januar
Der achtzehnte Tag
Zwischen Nacht und Nacht 204

24. Januar
Der neunzehnte Tag
Ein ganz bestimmter Tag im Juli 206

25. Januar
Der zwanzigste Tag
Der Mann aus Ikpek 213

26. Januar
Der einundzwanzigste Tag
Im Spital von Nome 218

27. Januar
Der zweiundzwanzigste Tag
Warten auf den Sommer 221

Über King Island

King Island befindet sich im Beringmeer, südöstlich der Beringstraße zwischen Alaska und Sibirien. Der Name der Insel lautet in der Sprache der Eskimos Ugiuvak. Dieser Name ist wahrscheinlich aus dem Hauptwort Ugiuk (Winter) und der Nachsilbe -vak (groß) entstanden. Der Entdecker James Cook, Kapitän der königlichen Marine von Großbritannien, gehörte im Jahre 1778 zu den ersten Weißen, die Ugiuvak zu Gesicht bekamen. Cook befand sich auf der Suche nach einer Nordpassage von der Nordwestküste des amerikanischen Kontinents zum Atlantischen Ozean. Er nannte die kleine Insel King Island, zu Ehren seines Ersten Offiziers, Leutnant James King.

Niemand weiß wirklich, wer die ersten Menschen auf dieser Insel waren, woher sie kamen und warum sie blieben. Ugiuvak ist nur knapp zweieinhalb Meilen lang und eine halbe Meile breit. Wie eine zerklüftete Felsklippe. Mit nackten, steil aufsteigenden Felswänden ragte sie uferlos aus dem Ozean. Es gibt nur drei Stellen, die geeignet sind, gefahrlos mit einem Boot anzulegen und auf der Insel Fuß zu fassen.

Das einzige Dorf auf Ugiuvak befindet sich auf der Südseite der Insel an einem steilen, mit Geröll bedeckten Abhang, der nach einem gewaltigen Felssturz entstanden war. Am östlichen Dorfrand entspringt ein Quellflüsschen, das die Bewohner mit Frischwasser versorgt.

Früher geschah es hin und wieder, dass Jäger aus Ugiuvak von einem Jagdausflug im Packeis nicht mehr zurückkehrten. Dieses Buch erzählt eine solche Geschichte. Sie passierte im Jahre 1949, kurz bevor die meisten Bewohner King Island verließen und nach Nome an der Küste Alaskas zogen, weil sie sich von dort bessere Lebensbedingungen erhofften. Damals lebten ungefähr einhundertfünfzig Personen auf King Island. Heute ist die Insel menschenleer und das Dorf am Abhang zerfallen. Nur noch wenige ehemalige Bewohner von King Island in Nome erinnern sich an die drei Jäger, die an einem kalten Januarmorgen auszogen um eine Bartrobbe zu erlegen, und an das Mädchen, das ihnen heimlich folgte ...

6. Januar

Der erste Tag
Auf der Fährte des Bären

»He, Vincent, hast du ihr wirklich erlaubt mit uns zu gehen?«, rief er schon von weitem und ich schrak zusammen, weil ich mit meinen Gedanken bei den Geistern gewesen war, die manchmal auch hier draußen herumstreiften und Jagd auf Robben machten, meistens jedoch bevor es hell wurde.

Simon kam über das Eis auf mich zu und ich konnte ihm ansehen, dass er die meiste Zeit gelaufen war. Er trug keine Schneeschuhe. Das Eis hier draußen war eine feste Decke, durchbrochen von wenigen Wasserrinnen, auf denen sich eine dünne Eisschicht gebildet hatte. Weiter draußen hörte die feste Eisdecke auf und das Packeis begann.

Es war früh am Tag und noch beinahe dunkel. Ich sah Simon erst, als er hinter den Schollen hervorkam, die sich am Ufer hin zu hohen zackigen Eiswällen auftürmten. Dahinter befand sich, meinen Augen verborgen, die Insel und unser Dorf.

Simon kam auf dem festen Eis auf mich zu, hinter Bergen von Eisschollen hervor. Er war gelaufen, obwohl ein Jäger im Eis niemals laufen sollte. Es war Winter. Die Zeit, wenn einem der Schweiß auf der Haut gefriert.

Dort, wo ich stand, war das Eis dünn. Ich stand am Rand, wo es begann, und war dabei, eine große Bartrobbe heranzuziehen, die ich kurz zuvor mit der Büchse meines Vaters erlegt hatte. Das Eis zersplitterte unter dem Gewicht des fetten Kadavers. Es war nicht ungefährlich gewesen, auf dem Bauch auf das dünne Eis hinauszukriechen und das tote Tier am Fanghaken festzumachen. Jetzt hatte ich es schon so nahe herangezogen, dass ich eigentlich keine Hilfe mehr brauchte, aber als Simon bei mir ankam, ließ er sich, ohne dass ich ihn dazu aufgefordert hätte, auf die Knie nieder und wir zogen gemeinsam an der Leine, bis die Robbe vor uns auf dem festen Eis lag.

Wir knieten dann beide vor Anstrengung keuchend da und jetzt fiel mir auf, dass er seine Brille nicht trug. Obwohl er mich anschaute, war ich absolut sicher, dass er mich gar nicht sehen konnte. Seine Augen waren schlecht. Zu schlecht für einen Jäger, aber seit er eine Brille besaß, die ihm in Nome angepasst worden war, hatte er schon zwei Robben erlegt. Bartrobben und nicht etwa die kleineren Ringelrobben, und im Dorf sagte man, dass ihn die Brille zu einem der treffsichersten Schützen gemacht hatte, und schon begann man in den Kagri Geschichten über Simon Payana zu erzählen.

»Wo ist deine Brille?«, fragte ich ihn.

Er suchte unter seinem weißen Parka und unter seinem Fellparka, den er darunter trug, fand aber seine Brille nicht. Jetzt fiel ihm ein, dass er sie in der Eile mit der Jagdtasche, seinem Harpunenspeer und den Schneeschuhen zurückgelassen hatte.

Er war furchtbar aufgeregt.

»Wenn du ihr erlaubt hast mit uns zu gehen, dann ist das bestimmt keine gute Idee«, sagte er, während ich mein Schneemesser aus der Scheide zog um der Bartrobbe den Fanghaken aus der Schwanzflosse zu schneiden. »Wir haben nämlich die Fährte eines Eisbären entdeckt, den wir gern erlegen würden, aber wenn sie dabei ist, geht das wohl schlecht, nicht wahr?«

»Sag mal, Simon, von wem redest du denn?«, fragte ich ihn.

Er kniff die Augen etwas zusammen, so, als ob er mich dadurch besser hätte sehen können, aber ich wusste, dass ich für ihn in diesem grauen Zwielicht nicht mehr sein konnte, als ein Fleck, eine unscharf gezeichnete Silhouette im leeren Weiß eines Blattes Papier.

»Du weißt nicht, dass sie uns gefolgt ist?«, fragte er ungläubig.

»Wer ist uns gefolgt, Simon? Es war dunkel, als wir aufgebrochen sind, und ich habe niemanden gesehen.«

»Sie ist uns gefolgt, Vincent. Ganz gewiss ist sie uns gefolgt, denn sie war plötzlich da und sagte, dass du ihr erlaubt hast mit uns zu gehen.

Sie sagte, du hättest es ihr schon vor einiger Zeit versprochen und –«

»Halt ein!«, unterbrach ich ihn schnell, denn jetzt wusste ich mit einem Mal, dass er von niemand anderem sprechen konnte als von Angie Thornton und mir wurde bei dem Gedanken, dass sie trotz aller Warnungen heimlich das Dorf verlassen hatte und uns nachgeschlichen war, beinahe schwindelig. Das Messer in der Hand, erhob ich mich und blickte in die Richtung, aus der Simon Payana gekommen war. In einiger Entfernung versperrten mir jedoch die Eisschollenberge den Blick. Irgendwo dahinter, vielleicht eine oder zwei Meilen entfernt, hatte Simon unseren Freund Paul Kasgnoc zusammen mit Angie Thornton zurückgelassen um hierher zu kommen und mir zu sagen, dass sie beide nicht mit Angie fertig geworden waren und ich für diese missliche Situation, die leicht in einer Katastrophe enden konnte, verantwortlich war.

»*Du* musst es ihr sagen!«, sagte Simon, der am Boden kauerte und ein bisschen Wasser aus seinem Beutel trank. Es war alles, was er dabeihatte, sein Schneemesser und seinen Wasserbeutel.

»Du musst es ihr sagen, Vincent!«, wiederholte er seine Aufforderung und drang mit seinen Worten tief in meine flatternden Gedanken. »Auf dich hört sie bestimmt. Auf mich hört sie nicht und auf Paul kann sie nicht hören, weil er nichts sagt. Auf dich wird sie hören, Vincent.«

»Und wenn sie nicht auf mich hört?«

Er seufzte wie ein alter Mann, der sich der Last seiner Jahre zu beugen hatte. »Ich weiß nicht, was wir dann tun werden«, sagte er. »Du hast eine schöne große Bartrobbe erlegt und somit würden wir wenigstens nicht mit leeren Händen von der Jagd zurückkehren.«

»Aber selbst eine Bartrobbe ist kein Eisbär, Simon«, wandte ich ein und ich spürte, wie das Jagdfieber in mir erwachte.

»Sei dankbar für dieses Geschenk der Geister, Vincent«, ermahnte mich Simon meiner Jägerpflichten.

Ich beugte mich vor, schnitt ein Stück von der Schnauze der Robbe und warf es mit kräftigem Schwung auf das dünne Eis hinaus. Das Stück schlitterte auf die Stelle zu, wo ich die Robbe getötet hatte, und fiel über den Eisrand ins Wasser.

»Ich bedanke mich für diese schöne große Bartrobbe«, betete ich. »Ich bedanke mich im Namen meiner beiden Freunde, die mich auf dieser Jagd begleiten, und im Namen aller Leute in unserem Dorf.« Ich erhob mich und steckte das Messer ein. »So, und jetzt werden wir uns bemühen den Bären zu erlegen, Simon.«

»Und was ist mit dem Mädchen?«

»Einer von uns könnte mit ihr zum Dorf zurückkehren und dafür sorgen, dass ihr Onkel sie festbindet«, sagte ich.

»Welcher von uns? Ich vielleicht?« Er schüttelte den Kopf und ließ seinen Wasserbeutel unter dem Stoffparka und dem Fellparka verschwinden, damit das wenige Wasser, das er für sich mitführte, nicht gefrieren konnte. »Komm, wenn wir uns nicht beeilen, entkommt der Bär.«

Ich überlegte keine Sekunde mehr, nahm die Büchse auf und hängte sie mir über den Rücken. Um auf dem blanken Eis schneller voranzukommen, verzichtete ich darauf, die Schneeschuhe an meine Mukluks zu schnallen. Stattdessen verstaute ich sie in meinem Jagdsack. Bevor wir uns aufmachten, zog ich den Haken aus der Robbe und rollte die Leine ein. Als ich endlich fertig war, hatte sich Simon schon auf den Weg gemacht. Ich folgte ihm schnell. Es machte mir nichts aus, die tote Robbe zurückzulassen. Falls wir durch die Trotzköpfigkeit Angies gezwungen würden ins Dorf zurückzukehren, würde ich diese Stelle leicht wieder finden. Ich hoffte nur, dass es mir gelingen würde, sie zur Vernunft zu bringen. Sie konnte uns unmöglich begleiten. Sie war ein Mädchen. Kein Mädchen unseres Dorfes hätte es gewagt, sich davonzuschleichen und irgendwelchen Jägern zu folgen, nicht einmal, wenn es sich um eine absolut harmlose Robbenjagd gehandelt hätte. Die Jagd war Männersache. Das wussten alle Frauen und Mädchen unseres Dorfes. Außer Angie Thornton natürlich. Angie wusste es zwar auch, aber sie war nicht aus unserem Dorf. Angie war aus Kansas und Kansas war, falls ich das in der Schule richtig mitgekriegt hatte, so weit von unserem Dorf entfernt, dass man dorthin nur per Schiff und Flugzeug gelangen konnte. Oder mit der Eisenbahn.

Während ich Simon folgte, überlegte ich mir, wie ich es anfangen sollte, Angie zur Einsicht zu bringen, aber irgendwann gab ich es auf, weil ich wusste, dass mir das wahrscheinlich in hundert Jahren nicht gelingen würde. Damit will ich nicht sagen, dass sie etwa dumm war und nicht über einen gesunden Menschenverstand verfügte, im Gegenteil, sie konnte rechnen und lesen und nahezu fehlerlose Aufsätze schreiben. Das Einzige, was ich an ihr auszusetzen hatte, war ihr widerspenstiges Wesen, das sie dort, wo sie herkam, in Kansas, schon in Schwierigkeiten gebracht haben musste, sonst wäre sie wahrscheinlich nicht bei uns aufgetaucht. Niemand hier wusste genau, was geschehen war und warum man sie hierher geschickt hatte, aber ich war sicher, dass es etwas mit ihrem steinharten Dickschädel zu tun hatte, und ich wünschte in diesem Moment nichts mehr, als dass der Kutter, mit dem sie vor einigen Wochen unsere Insel hatte verlassen sollen, nicht im Eis festgefahren wäre.

Jetzt blieb sie uns erhalten, wahrscheinlich den ganzen Winter über, bis endlich das Tauwetter einsetzte und das Eis wegschmolz.

Ich war genauso hilflos wie meine beiden Freunde, als Simon und ich schließlich den Platz erreichten, wo Paul Kasgnoc und Angie Thornton auf uns warteten. Das wurde nur noch schlimmer, als ich sie dort so selbstverständlich auf einer Eisscholle sitzen sah, die Beine übereinander geschlagen und mit einem Bleistift in ihr berüchtigtes Notizbuch kritzelnd, das sie noch nie jemandem gezeigt hatte.

»Da ist er«, keuchte Simon, der auf dem Rückweg ziemlich außer Atem geraten war.

Paul sagte nichts. Er war der Älteste von uns und keiner, der viel redete. Vor einem Jahr hatte er ein Mädchen von der kleinen Diomeden-Insel zur Frau genommen. Sie erwartete ihr erstes Kind. Falls es ein Junge war, sollte er auf den Namen Leo getauft werden. Aber es konnte gut ein Mädchen sein. Er selbst hatte vier Schwestern und keinen einzigen Bruder. Wenn es ein Mädchen sein würde, sollte es Theresa heißen. Jetzt hatte Paul Kasgnoc jedoch andere Sorgen.

Ich näherte mich Angie von der Seite. Sie klappte sofort das Notizbuch zu und ließ es unter ihrem Parka verschwinden. Ich überlegte mir ein paar passende Worte. Einfach ist das nicht für einen, der kaum Englisch kann. Sie hob den Kopf mit der mit Wolfsfell besetzten Kapuze. Dunkle Augen blickten mich an. Warme, lächelnde Augen, die nicht verrieten, warum sie hier bei uns war und nicht dort, wo sie herkam, in Kansas, einem Land ohne Eisbären.

»Ich weiß, was du sagen willst«, sagte sie, als ich stehen blieb und Luft holte. »Aber ich glaube nicht, dass es fair wäre, mich zurückzuschicken. Immerhin hast du versprochen, dass du mich einmal mitnimmst.«

»Das war im Sommer«, antwortete ich blitzschnell, weil ich mir ja auf dem Weg hierher einiges überlegt hatte. »Das war vor dem Eis. Dein Onkel hätte nichts dagegen gehabt, wenn ich dich ein kurzes Stück in einem Kajak mitgenommen hätte. Jetzt ist Winter. Schau dich um! In diesem Eis kann man sich leicht verlaufen. Außerdem ist es kalt und der Tag dauert nicht länger als vier oder fünf Stunden. Es ist deshalb absolut notwendig, dass du uns nicht weiterhin behinderst und sofort freiwillig ins Dorf zurückkehrst!«

Das war's. Eine vernünftigere Rede hätte ich wohl unter den gegebenen Umständen kaum halten können. Sie lächelte. Ich hatte gewusst, dass es nicht klappen würde. Nicht bei ihr.

»Ich glaube nicht, dass ich den Rückweg allein finde«, sagte sie.

»Und wie bist du hierher gelangt, wenn du den Weg nicht kennst?«

»Ich bin euch nachgegangen.«

»Unseren Spuren?«

»Ja. Außerdem konnte ich eure Stimmen im Wind hören. Ich wusste gar nicht, dass du so schwatzhaft bist, Vincent. Es war leicht, euch zu folgen.«

»Wenn du unseren Spuren gefolgt bist, findest du den Weg zurück auf die gleiche Art«, sagte ich.

»Nein, das ist unmöglich. Der Wind hat nämlich die Spuren verweht.«

»Der Wind?« Tatsächlich blies ein harter Wind von Nordosten her, den ich jedoch bis jetzt überhaupt nicht wahrgenommen hatte, weil er um diese Jahreszeit Tag und Nacht blies, manchmal stärker, manchmal schwächer. Nur wenn er zu einem Sturmwind anschwoll und über unsere kleine Insel hinwegheulte, als wollte er sie verschlingen, nahm er die Gestalt eines Herrschers an, dem wir mit Respekt und Demut begegneten.

»Wenn ihr wollt, dass ich zum Dorf zurückkehre, dann muss mich einer von euch begleiten«, sagte Angie. »Wenn ihr aber unbedingt diesen Eisbären erlegen wollt, dann würde ich mich nicht von einem Mädchen aufhalten lassen, das gut ausgerüstet ist und kräftig genug mit euch Schritt zu halten.«

»Dein Onkel wird bereits überall nach dir suchen.«

»Du weißt, dass er das nicht tut, Vincent. Es gibt keinen Grund für ihn nach mir zu suchen, weil ich mich in einem der Kagri aufhalten könnte, zusammen mit anderen Mädchen und Frauen, oder ich könnte in der Schule sein und Mr. Ross beim Korrigieren der Aufsätze helfen oder sonst wo im Dorf. Mein Onkel wird erst anfangen sich um mich Sorgen zu machen, wenn wir zum Abendessen nicht daheim sind, und bis dann sind wir ganz bestimmt zurück, nicht wahr?«

Ich blickte zu Paul hinüber. Er erwiderte meinen Blick kurz, dann wandte er sich ab. Simon setzte sich auf eine Eisscholle und er schien zu überlegen, ob er sich die Schneeschuhe anschnallen sollte oder nicht. Er trug jetzt wieder seine Brille, aber er hütete sich davor, Angie oder mich anzusehen. Ich wusste, was meine beiden Freunde wollten. Sie wollten keine Zeit mehr verlieren und endlich mit der Jagd auf den Bären beginnen. Längst hatten sie entschieden, dass die Sache mit Angie Thornton eine Angelegenheit war, die nichts mit ihnen zu tun hatte.

»Wir können dich nicht mitnehmen«, sagte ich.

»Warum nicht?«

»Warum nicht?! Nun, das ist einfach. Wir können dich nicht mitnehmen, weil du ein Mädchen bist. Es wäre...« Ich suchte nach einem passenden Wort und fand es beinahe auf Anhieb, »... verantwortungslos.«

»Dann übernehme ich die Verantwortung!«

»Du?«

»Ja! Was ist dagegen einzuwenden? Sieh mich an! Ich habe alles getan, was ein Jäger tut, bevor er auf die Jagd geht. Ich habe mir den wärmsten Parka angezogen und darüber diesen weißen Tuchparka, damit mich ein Tier nicht sehen kann. Sogar die Schneeschuhe habe ich dabei und ich trage die besten Mukluks aus Rentierfell, mit Innensohlen und dicken Fußstrümpfen. Außerdem habe ich, so wie es Brauch ist, heute morgen nicht gefrühstückt. Nicht einmal den kleinsten Bissen habe ich gegessen und alles, was ich mitgebracht habe, ist mein Wasserbeutel und mein Notizbuch, was, soviel ich weiß, nicht gegen irgendwelche Regeln verstößt.«

Während sie das sagte, drehte sie sich vor mir im Kreis, damit ich mich vergewissern konnte, dass sie wirklich bestens ausgerüstet war. Schließlich blieb sie vor mir stehen.

»Nun?«, fragte sie. »Was spricht jetzt noch dagegen, dass ich euch begleite?«

»Wenn dir etwas zustößt, bin ich schuld, weil ich dich nicht zurückgeschickt habe«, sagte ich.

»Und was soll mir zustoßen? Es ist früh am Tag. Noch nicht einmal ganz hell. In zwei, drei Stunden haben wir den Bären erlegt und ich werde euch helfen ihn zum Dorf zurückzubringen. Ich bin stark, das weißt du. Schau dir diese Spuren an. Es handelt sich um einen großen Bären. Selbst zu viert wird es harte Arbeit sein, ihn zum Dorf zurückzubringen.«

Ich drehte mich nach Simon um.

»Simon, was meinst du?«, fragte ich ihn in unserer Sprache. »Es stimmt, wenn sie sagt, dass –«

»Es ist deine Angelegenheit, Vincent«, unterbrach mich Simon und jetzt blickte er mich durch seine dicken runden Brillengläser an. »Verlange nur nicht von mir, dass ich sie zurückbringen soll.«

»Simon, ich bin der Einzige mit einem Gewehr. Ohne mich und mein Gewehr könnt ihr diesen Eisbären nicht erlegen.«

»Das stimmt. Aber du weißt, dass es deine Angelegenheit ist und nicht unsere.«

»Das weiß ich.«

»Also.«

Ich konnte wirklich nicht von ihm verlangen Angie ins Dorf zurückzubringen. Früher, bevor ihn seine Brille zu einem gefeierten Jäger gemacht hatte, also noch letztes Jahr, hätte er sich freiwillig dazu angeboten, aber jetzt war das anders. Aus Simon, der früher lieber im Dorf zurückgeblieben war, wenn wir auf die Jagd gingen, war ein selbstbewusster Jäger geworden, jederzeit bereit die Jagd auf die stärkste und mächtigste aller Kreaturen, den Eisbären, mit nur einem Harpunenspeer bewaffnet aufzunehmen.

Ja, ich war der Einzige, der ein Gewehr besaß. Die Jagdbüchse meines Vaters, die er mir heute zum ersten Mal anvertraut hatte. Niemals würde ich dieses Gewehr aus der Hand geben.

Ich sah mich nach Paul um. Er war bereit. Mit einem Eisstock in der linken Hand und einem Harpunenspeer in der rechten, stand er in der Fährte des Eisbären, die weiter aufs Eis hinausführte. Seine Schneeschuhe steckten im Schnee, so dass wir sie auf dem Rückweg nicht übersehen konnten. Der Wind hatte zwar die Spur des Bären in der dünnen Schneedecke schon etwas verweht, trotzdem war an den Abdrücken leicht zu erkennen, dass es sich um ein ausgewachsenes Tier handelte, um ein riesiges Biest und nicht etwa um einen Jungbären, der sich zufällig in der Nähe unseres Dorfes verirrt hatte und nun nach seiner Mutter suchte.

Das Jagdfieber in mir begann mehr und mehr zu glühen. Ich dachte an Tattayanna, der im letzten Winter auf der anderen Seite der Insel im Packeis einen Bären mit dem Harpunenspeer erlegt hatte. Ich war damals bei jenen gewesen, die auszogen um den Bären einzubringen. Wir hatten ihn an Ort und Stelle ausgeweidet, abgehäutet und zerlegt. Die einzelnen Stücke hatten wir dann auf das blutige weiße Fell gelegt und es wie einen Schlitten an unseren Walrossleinen um die ganze Insel herum zum Dorf gezogen und dort war Tattayanna wie ein großer Held gefeiert worden. Aber ich dachte auch an die beiden Jäger, die eines Tages nicht mehr von der Jagd zurückkehrten, da sie auf dem Packeis von einem Sturm überrascht worden waren. Ihre Leichen wurden nie gefunden.

Ich wollte Paul nach seiner Meinung fragen. Immerhin war er der Älteste von uns und der erfahrenste Jäger. Paul war jedoch schon dabei, der Bärenfährte nachzugehen.

»Es sind noch mehr als vier Stunden Tageslicht«, sagte Angie. »Ich verspreche dir, dass ich freiwillig zurückgehe, wenn wir in zwei Stunden den Bären nicht erlegt haben.«

»Und wie findest du den Weg zurück?«

»Wenn wir in zwei Stunden den Bären nicht erlegt haben, gehen wir besser alle zurück, oder? Es wäre töricht, dies nicht zu tun. Wir haben keine Lampen dabei und keinen Proviant. Wenn es dunkel wird, sollten wir unserem Dorf wenigstens so nahe sein, dass seine Lichter uns den Weg weisen können.«

Simon steckte seine Schneeschuhe zu denen von Paul in den Schnee und hängte sich seine Jagdtasche um. Er ging an uns vorbei, blieb aber dann stehen und grinste mich an. »Wenn du mir das Gewehr gibst, brauchst du nicht mitzukommen, Vincent.«

»Ich gehe mit«, sagte ich.

»Und das Mädchen?«, fragte er in unserer Sprache.

»Wenn er geht, gehe ich auch«, antwortete ihm Angie auf Englisch.

Paul jagte uns voran. Er lief nicht, aber er ging sehr schnell. Fast zu schnell für Simon, der von uns allen am meisten Eigengewicht mitschleppte. Er war nicht dick, aber stärker als Paul, der von drahtiger Gestalt war und über leichte und geschmeidige Bewegungen verfügte. Paul war der geborene Jäger, kräftig und ausdauernd. Selten war er bisher ohne Beute von einer Jagd zurückgekehrt. Er galt auch als einer der sichersten Kajakfahrer und bei der Walrossjagd wollte jeder junge Jäger zur Bootsmannschaft von Paul Kasgnoc gehören und in seinem Umiak sitzen.

Wir kamen gut voran. Die Eislandschaft wurde etwas flacher. Irgendwann würden wir den Rand der festen Eisdecke erreichen, von der unsere Insel eingeschlossen war. Inzwischen war es hell geworden. Nicht so hell, wie wenn die Sonne durch eine tief hängende Wolkendecke scheint. Im Winter sind unsere Tage kurz und nie richtig hell.

Wir hatten keinen Jagdhund dabei, der uns vor schlechtem Wetter hätte warnen können. Das Wetter war gut an diesem Tag. Kein Grund zur Besorgnis. Der Wind verriet uns, dass kein Sturm in der Nähe lauerte. Trotzdem hätten wir vielleicht einen Hund mitnehmen sollen. Manchmal schlägt hier das Wetter von einer Stunde auf die andere um.

Je weiter wir uns von den Eisschollenbergen entfernten, desto mehr tauchte hinter ihnen von unserer Insel auf. Zuerst konnten wir, wenn wir zurückblickten, nicht mehr als den oberen Rand sehen, mit den beiden verschneiten Bergkuppen an beiden Enden der Insel, dann tauchte der zwischen ihnen liegende, niederere Teil der Insel auf, mit dem steilen Abhang zum Meer, an dem sich unser Dorf befand.

Wir waren schon zu weit entfernt um die einzelnen Hütten unseres Dorfes noch ausmachen zu können. Aber zwei helle Punkte waren deutlich zu erkennen, die Sacred-Heart-Missionskirche von Vater Thornton am oberen Rand des Dorfes, über unseren Hütten, die auf Pfählen gebaut waren, damit sie nicht den Geröllhang hinunter und ins Meer fielen, und das kleine Schulhaus, das wir inklusive unseres Lehrers, Mr Ross, von der amerikanischen Regierung geschenkt bekommen hatten.

King Island heißt unsere Insel auf Englisch. Sie ist eine der kleinsten bewohnten Inseln in der Beringstraße und in unserer Sprache nennen wir sie Ugiuvak. Es gibt nur ein Dorf auf Ugiuvak. Es ist unser Dorf und eines Tages, warnen die Alten, wird es dieses Dorf nicht mehr geben, weil wir alle nach Nome zu unseren Verwandten ziehen werden, die dort ein einfacheres Leben leben, ohne dass jemand hungern muss, nicht einmal in einem Winter wie diesem, in dem das Eis früher als sonst gekommen war und uns die Robbenjagd im Dezember zunichte gemacht hatte.

So war es, als Paul Kasgnoc, Simon Payana und ich, Vincent Mayac, in den frühen Morgenstunden, lange bevor es Tag wurde, unser Dorf verließen um im Packeis nach Atemlöchern von Robben zu suchen und vielleicht eine oder zwei zu erlegen. Die Lebensmittel im Dorf waren knapp. Der Kutter, mit dem Angie Thornton unsere Insel verlassen hätte, hätte uns viele Dinge bringen sollen, auf die wir den Winter über angewiesen waren. Aber der Kutter war nicht angekommen und jetzt lebten die meisten

Familien gemeinsam in den drei Kagri, den Gemeinschaftshäusern, so dass alle aus demselben Kochtopf essen und sich mit denselben Tranlampen warm halten konnten.

Während wir der Fährte des Bären folgten, dachte ich einige Male daran, dass es vernünftiger gewesen wäre, die Bartrobbe ins Dorf zurückzubringen, als auf den Eisbären Jagd zu machen. Für einen jungen Jäger sind das keine erbaulichen Gedanken. Ich glaubte nicht, dass selbst einer der alten Jäger darauf verzichtet hätte, diesen Eisbären zu erlegen. Dies galt nämlich als eine ganz besondere Tat, eine ganz besondere Leistung. Wenn Jäger einen Eisbären ins Dorf zurückbringen, nehmen alle Leute an der Feier teil, bei der das Fell von dem Jäger, der den Bären erlegt hat, in Stücke geschnitten und unter die Leute verteilt wird. Es war eine ganz besonders stolze Feier, die vielleicht jeden Winter einmal oder zweimal abgehalten werden konnte, weil es nur wenigen Jägern vorbehalten blieb, einen Eisbären zu erlegen. Und manchmal vergingen Winter, während denen es keinem, nicht einmal dem tüchtigsten unserer Jäger gelang einen Eisbären zu töten.

Während ich hinter Paul und Simon herging, sah ich mich einige Male schnell nach Angie um, weil ich am Anfang nicht sicher war, dass sie uns tatsächlich folgen konnte. Jedes Mal, wenn ich zurücksah, lächelte sie jedoch, wahrscheinlich nur um mir zu zeigen, dass sie keine Mühe hatte, mit uns Schritt zu halten. Ich ließ immer mehr Zeit verstreichen, bevor ich zurückblickte und schließlich ließ ich es ganz bleiben, da sie uns nämlich mit Leichtigkeit nachkam und selbst, wenn Paul noch schneller ausgegriffen hätte, wäre sie wohl kaum zurückgefallen.

Ob wir dem Bären näher kamen, vermochte ich nicht festzustellen. Die Fährte führte westwärts und entfernte sich dadurch immer mehr von unserer Insel. Wir befanden uns irgendwo südwestlich von ihr auf dünner werdendem Eis und wenn wir jetzt zurücksahen, konnten wir sie im Grau nur noch als einen dunklen Buckel mit zwei erhöhten Enden erkennen, der manchmal völlig im Eisnebel verschwand.

Es ist ein merkwürdiges Gefühl, sich von seiner Welt zu entfernen. Jeder Jäger kennt es. Während der eisfreien Zeit, wenn wir auf Walrosse Jagd machen, entfernen wir uns manchmal so weit von der Insel, dass wir nur noch die beiden Erhöhungen aus dem Wasser ragen sehen. Von Jägern, die sich so weit entfernen, sagt man, dass sie der Insel zu trinken geben. Das ist, weil es aus der Ferne scheint, als ob die Insel wie eine hohle Hand aus dem Meer schöpft.

Solche Dinge schrieb Angie Thornton in ihr Notizbuch, seit sie bei uns war. Aber das wusste ich damals noch nicht. Erst später wagte ich es, hineinzusehen. Viel später, jedoch noch bevor man mir die Zehen amputiert hatte und einige meiner Finger. Damals, als wir der Fährte des

Eisbären folgten, fiel mir, wenn ich an Angie dachte, nur ein, dass ich nichts über sie wusste, obwohl sie schon seit dem Frühsommer bei uns war. Ich redete mir ein, dass Angies Leben voller Geheimnisse war, die sie wahrscheinlich nur ihrem Notizbuch anvertraute.

Wir näherten uns dem Rand der festen Eisdecke. Während er vor uns herging, stieß Paul seinen Stock in den Schnee um die Festigkeit der Eisdecke zu prüfen. Der Schnee war hier überall vom Wind verweht. An einigen Stellen hatte ihn der Wind über Eisbuckeln zu kleinen weißen Kuppen aufgeweht, die wir Mohrenköpfe nennen. An anderen Stellen war das Eis blank gefegt.

Wir hatten uns inzwischen so weit von der Insel entfernt, dass wir sie nun nicht mehr sehen konnten, obwohl es hell geworden war und wir unsere Schneebrillen trugen. Simon besaß eine Schneebrille, die er selbst aus einem Stück Treibholz geschnitzt hatte, so dass sie über seine Sehbrille passte. Obwohl im Winter die Tage so kurz waren und die Sonne kaum je richtig schien, war es wichtig, die Augen gegen das weiße Licht zu schützen. Hin und wieder kam es vor, dass Jäger auf dem Eis trotz der Brille mit den schmalen Sehschlitzen schneeblind wurden und mit furchtbaren Schmerzen nach Hause zurückkehrten. Ich war erleichtert, als ich merkte, dass auch Angie eine Brille dabeihatte, allerdings war es keine Schneebrille, wie wir sie besaßen, sondern eine Sonnenbrille mit Metallrahmen, wie ich sie schon in Nome in einem Laden gesehen hatte.

Der Bär hatte gemerkt, dass wir hinter ihm her waren. Das konnten wir an den Spuren erkennen. Zuerst hatte er sich nicht sehr beeilt. Die Fährte führte nicht geradeaus dem Packeis entgegen, sondern von einem Atemloch zum anderen. Manchmal, wenn er unter dem Eis eine Robbe vermutete, hielt er sich länger bei einem Atemloch auf, umrundete es und versuchte das Eis mit seinen scharfen Krallen aufzukratzen. Je dünner die Eisdecke wurde, desto mehr Atemlöcher gab es, aber der Bär ließ sich plötzlich durch nichts mehr aufhalten und seine Fährte verlief nun in einer geraden Linie. Sobald wir dies erkannten, gingen auch wir schneller, da wir ihn bald einzuholen gedachten. Es gibt hier draußen mehrere Eisschollenhügel mit hohen Schneewechten zum Norden hin, aber die Fährte führte jeweils zwischen ihnen hindurch. Einmal hielten wir an um zu verschnaufen. Da merkten wir, dass der Wind stark nachgelassen hatte. Simon legte sich in den Schnee und streckte Arme und Beine von sich. Er war schon ziemlich erschöpft. Auch Angie war erschöpft, aber sie wollte sich nichts anmerken lassen.

»Warum gehen wir nicht weiter?«, fragte sie.

»Wir sind beinahe am Rand der festen Eisdecke«, erklärte ich ihr.

»Wir müssen uns überlegen, ob wir weitermachen oder zurückgehen sollen«, sagte Simon. »Wir müssen daran denken, dass wir auf dem Rückweg eine große Last zu schleppen haben, falls es uns gelingt, den Bären zu töten.«

»Ich gehe dort hinauf«, sagte Paul und er deutete mit seinem Eisstock zu einem verschneiten Eisschollenhügel hinüber. Ohne ein weiteres Wort zu verlieren ging er davon. Wir blickten ihm nach. Ich glaube, ohne ihn hätten wir uns in diesem Augenblick dazu entschlossen die Jagd auf den Bären abzubrechen und nach Hause zurückzukehren. Wir sahen ihm nach, wie er durch den Schnee ging und bis zu den Knien einsank. Dann verschwand er zwischen den Eisschollen und hinter der Schneewechte und später tauchte er oben auf der Kuppe auf und dort stand er, im Grau des Himmels, auf seinen Harpunenspeer gestützt und spähte nach Westen und nach Norden hin aufs Eis hinaus. Nach kurzer Zeit kam er zurück.

»Hast du ihn gesehen?«, rief ihm Simon zu, der sich unterdessen aufgesetzt hatte. »Wenn du ihn nicht gesehen hast, kehren wir besser um.«

»Er ist nicht weit vor uns und er ist müde«, antwortete Paul ruhig. »Er liegt im Schnee wie du, Simon, und er hofft, dass wir zu müde sind ihn noch weiter zu verfolgen.«

Simon erhob sich und schüttelte den Schnee von sich. »Dann sollten wir jetzt keine Zeit mehr verlieren«, sagte Angie. »Von hier ist es ein langer Weg zurück.«

Wir gingen weiter. Jetzt blieben wir dicht beisammen. Vor uns zog sich eine Wasserrinne durchs Eis, die frisch zugefroren war. Auf der anderen Seite der Rinne schien sich die feste Eisdecke fortzusetzen. Es gab dort, genau wie auf unserer Seite, große Eishügel und Schneewechten. Die Spur des Bären führte die Rinne entlang bis zu einer Stelle, wo sie nur wenige Schritte breit war und das Eis dicker schien. Dort hatte der Bär die Rinne überquert, ohne dass das Eis unter seinen mächtigen Pranken eingebrochen war. Wir hielten kurz an. Paul prüfte das Eis zuerst mit dem Stock. Da er der Leichteste von allen war, außer Angie natürlich, überquerte Paul die Rinne zuerst. Dann folgte Simon. Ich ließ Angie an mir vorbei. Obwohl sie keiner von uns war, brannte auch in ihr das Jagdfieber.

Auf der anderen Seite hatten wir wieder eine dicke Eisdecke unter den Füßen. Wir beeilten uns. Mehr als die Hälfte des Tages war vorbei. Selbst wenn wir den Bären in diesem Augenblick erlegt hätten, wäre es kaum mehr möglich gewesen, unser Dorf vor dem Hereinbrechen der Dunkelheit zu erreichen.

Die feste Eisdecke war eine schmale Insel aus zusammengeschobenen Eisschollen. Auf der anderen Seite klafften Risse im Eis. Schollen bewegten sich im schwarzen Wasser, manche so dicht beisammen, dass sie sich an ihren Rändern berührten, andere frei und schwimmend. Paul begann leichtfüßig über die Spalten und Wasserrinnen hinwegzuspringen. Simon folgte ihm dichtauf. Angie zögerte. Der Anblick des sich bewegenden Eises machte sie unsicher. Sie blickte sich um und merkte dabei, dass sich auch die Insel, auf der wir uns aufhielten, bewegte. Zum ersten Mal sah ich ihrem Gesicht an, dass sie Angst bekam, und für einen Moment erinnerte sie mich an ein Tier, das plötzlich merkt, dass es sich in die Enge hat treiben lassen.

»Du brauchst dich nicht zu fürchten«, sagte ich zu ihr.

»Paul weiß schon, was er tut.«

Sie versuchte zu lächeln. Es gelang ihr schlecht.

»Wir sollten umkehren, Vincent«, sagte sie.

»Wenn du willst, kannst du hier auf uns warten.« Ich schaute Paul und Simon nach. Sie waren schon ziemlich weit entfernt und sprangen gewandt über die Spalten und Wasserrinnen, wobei sie darauf achteten, dass sie nicht in das eiskalte Wasser traten. Wir trugen zwar alle unter unseren Mukluks Fußstrümpfe aus Rentierfell, aber keiner von uns hatte ein Ersatzpaar dabei, da wir uns nicht für eine längere Jagd vorbereitet hatten. Ich wartete, bis Angie ihre Furcht überwunden hatte. Es war bestimmt nicht leicht für sie, aber ich war sicher, dass sie nicht allein zurückbleiben wollte.

Plötzlich trat sie näher an den Eisrand heran. Sie lächelte mir zu.

»Komm«, sagte sie nur. Sie sprang über die erste Wasserrinne auf die nächste Eisscholle und lief weiter. Bald schien es ihr Spaß zu machen, von einer Eisscholle auf die andere zu springen.

Der Bär war auf dem dünnen Eis einer frisch zugefrorenen Rinne eingebrochen. Er hatte ein Stück schwimmen müssen und jetzt befand er sich auf der anderen Seite auf einem schneebedeckten Eisfeld, das aussah, als wären Eiswolken vom Himmel gefallen und auf der Erde zersplittert. Aber wir wussten natürlich, dass es unter diesem verschneiten Scherbenhaufen kein festes Land gab, keinen Felsen, keine Erde. Nichts als Wasser, eiskalt und endlos tief.

Wir brauchten nicht lange nach dem Bären Ausschau zu halten. Nicht weit von uns entfernt trottete er, die Schnauze dicht über dem Eis, hinter einigen Schollen hervor und warf sich vor unseren Augen in den Schnee. Er wälzte sich darin, bis das Wasser in seinem Fell gefror und er es wie Raureif abschütteln konnte. Wir standen am Rand einer Eisscholle und die Wasserrinne, die uns von dem Eisfeld, auf dem sich der Bär befand, trennte, wurde immer breiter. Ich nahm die Büchse meines Vaters vom Rücken, aber ich legte nicht an. Ich hätte in diesem Moment meinen ersten Eisbären erlegen können und einige Sekunden lang dachte ich auch daran, ihn mit einem gezielten Schuss niederzustrecken und anschließend erst nach einer Stelle zu suchen, wo wir hätten übersetzen können. Aber eine innere Stimme sagte mir, dass dieser Bär noch nicht für uns bestimmt war, und so ließ ich es bleiben. Von den Sprüngen und vom Laufen außer Atem geraten, standen wir alle vier dicht beisammen und schauten dem mächtigen weißen Biest hinterher, das sich ohne Eile immer weiter von uns entfernte.

»Da geht er«, sagte Simon. »Da geht unser Bär.«

Angie hatte sich von uns entfernt. Sie saß im Schnee und hatte ihre Fäustlinge ausgezogen. Sie hingen ihr an einer Schnur um den Hals. Ohne uns zu beachten holte sie das Notizbuch und den Bleistift hervor und begann zu schreiben. Wir sahen ihr verwundert zu. Hier waren wir nun weit draußen im Eis, nach einem langen, anstrengenden Marsch, bis auf die Knochen enttäuscht, dass es uns nicht gelungen war, den Bären einzuholen und zu erlegen, und sie setzte sich einfach in den Schnee und schrieb in ihr geheimnisvolles Notizbuch.

»Warum lässt sie niemanden in ihr Buch sehen?«, fragte mich Simon. »Was hat sie für Geheimnisse, Vincent?«

»Wie soll ich das wissen«, antwortete ich. »Sie hat mich auch noch nie in ihr Notizbuch sehen lassen.«

»Wir hätten sie nicht mitgehen lassen sollen«, sagte Paul. »Sie bringt Unglück.«

Ich drehte mich nach ihm um, weil ich nicht

sicher war, ob er es ernst meinte oder nicht. Er blickte mich an und ich sah in seinen Augen, dass er keinen Spaß machte.

»Es ist nicht ihre Schuld, dass uns der Bär entkommen ist«, sagte ich. Paul wandte sich ab. Ich sah mich nach Simon um. Er hob die Schultern. Ich wusste nicht, was das bedeuten sollte, aber ich wollte keinen Zweifel aufkommen lassen und wiederholte mit Nachdruck die Worte von vorhin. »Will einer von euch etwa behaupten, dass sie uns behindert hat?«, fügte ich hinzu.

»Nein, das will ich nicht behaupten, mein Freund«, antwortete Simon. »Aber es steht fest, dass wir kein Glück hatten, nicht wahr?«

»Das stimmt!«, sagte ich. »Aber es ist nicht ihre Schuld.«

Sie gaben mir beide keine Antwort darauf. Angie blickte auf.

»Streitet ihr euch?«, fragte sie. »Streitet ihr etwa wegen mir?« Sie klappte das Notizbuch zu und steckte es zusammen mit dem Bleistift weg. Dann zog sie die Fäustlinge an und erhob sich.

»Wir können uns jetzt auf den Rückweg machen«, sagte ich.

Es war noch immer Tag, aber das Licht wurde schwächer. Wir brauchten die Schneebrillen nicht mehr zu tragen.

Der Wind drehte.

Es geschah plötzlich und wir bemerkten es sofort. Der Wind kam nun von Südosten her und er blies gegen uns. Zuerst war es kein sehr starker Wind, aber wir wussten, dass sich das schnell ändern würde. Dieser Wind aus dem Südosten war ein gefährlicher Landwind, kalt und hart. Wir begannen zu laufen, als wir festes Eis unter den Füßen hatten. Keiner von uns sprach ein Wort, aber jeder spürte die Gefahr, die uns mit einem Mal umgab, ohne dass wir sie sehen konnten. Es mochte der Wind sein, der sie uns gegenwärtig machte, vielleicht die Kälte, die uns plötzlich bewusst wurde, das schwächer werdende Tageslicht oder die Geräusche im Eis, dessen Schollen sich mit knirschenden Rändern aneinander rieben, während sie sich schwerfällig und trotzdem leicht in der Strömung bewegten.

Wir liefen, so schnell wir konnten, und erst als wir im grauen Eisnebel schwach die Silhouette unserer Insel erkennen konnten, hielten wir an und Angie fiel dem völlig verdutzten Paul um den Hals.

»Wir haben es geschafft!«, rief sie lachend. »Dort ist unsere Insel, nicht wahr! Dort ist King Island!«

Unsere Insel? So, wie sie es sagte, gehörte sie in diesem Moment zu uns. Nicht zu unserer Jagdgruppe, sondern zu uns allen, die wir auf Ugiuvak zu Hause waren. Ich hatte keine Ahnung, warum ich mich so darüber freute, dass ich sie auch gleich umarmt hätte. Sie war keine von uns und sie würde niemals eine von uns sein. Ihr Pech war es, dass der Kutter im Eis stecken geblieben und schließlich ohne sie nach Nome zurückgekehrt war. Das hieß, dass sie den Winter über bei uns bleiben musste, und ich hoffte nur, dass sie ihr Notizbuch nicht zu früh voll schrieb, denn der Winter ist bei uns länger als in Kansas und der einzige Laden, wo es solche ledergebundenen Notizbücher, wie sie eines besaß, zu kaufen gab, befand sich in Nome, an der Küste des Festlandes.

»Anstatt zu tanzen, sollten wir vielleicht weitergehen«, schlug Simon vor, der über den Freudenausbruch Angies genauso erstaunt war wie Paul und ich. Angie ließ Paul los und umarmte Simon, dem sofort die Brillengläser anliefen, weil ihm wahrscheinlich vor Aufregung der Kopf heiß wurde.

Wir gingen weiter gegen den Wind. Plötzlich stießen wir auf unsere eigenen Spuren, die wir gemacht hatten, als wir der Fährte des Bären folgten. Wir befanden uns auf einer flachen Eisinsel. Das Licht war nun so schwach geworden, dass wir Ugiuvak kaum mehr erkennen konnten. Es schien jedoch, als wären wir ihr in der letzten Stunde kaum näher gekommen. Wir waren noch immer die, die ihr zu trinken gaben.

Unsere Spuren führten zu einer Stelle, wo wir zuvor mit einem Sprung eine schmale Wasserrinne überquert hatten. Die Wasserrinne war nun breit und voll mit kleinen Eisstücken, die uns nicht hätten tragen können. Wir liefen den

Eisrand entlang. Irgendwo musste diese Insel gegen größere Schollen stoßen.

Irgendwo musste es eine Stelle geben, wo wir übersetzen konnten. Simon war der Erste von uns, der plötzlich außer Atem stehen blieb.

»Wir treiben im Packeis!«, keuchte er und es klang fast, als wäre damit unser Schicksal besiegelt.

Paul sprang auf eine der kleinen Schollen, die aber unter seinem Gewicht kippte. Er fiel ins Wasser, aber zum Glück war er nicht weit vom Rand der Eisinsel entfernt. Ich warf ihm meine Walrossleine zu, damit er sich daran auf das Eis ziehen konnte, aber da brach ein Stück vom Rand ab und sofort entstand dicht vor meinen Füßen eine schwarze Kluft, die sich schnell verbreiterte. Simon erkannte sofort, dass ich Schwierigkeiten hatte die Leine festzuhalten, da Paul auf dem kleineren Stück der Eisscholle davontrieb. Er stürzte herbei und wir zogen gemeinsam an der Leine und schließlich half uns auch Angie und mit vereinten Kräften gelang es uns, Paul Kasgnoc auf seiner Eisscholle herüberzuziehen.

Paul war schon beinahe erfroren. Wir brachten ihn schnell zu einer Stelle, wo viel Schnee lag, und dort zogen wir ihm den weißen Tuchparka, den Fellparka, die Mukluks, die Fäustlinge und die Fußstrümpfe, die auch nass geworden waren, aus. Wir rieben alles mit Schnee ein, bis sich kein Wasser mehr im Fell befand, wobei wir die einzelnen Bekleidungsstücke immer wieder ausschüttelten. Nur der weiße Tuchparka blieb natürlich nass. Das war jedoch nicht so schlimm, denn Paul brauchte ihn sowieso nicht mehr anzuziehen. Die Jagd auf den Bären war zu Ende und der Tag schon fast vorbei.

Der Wind wehte nun stärker.

Noch einmal suchten wir eine Stelle, wo wir die Eisinsel hätten verlassen können, aber nach kurzer Zeit gaben wir es auf. Wir befanden uns mitten in einem endlosen, sich ständig bewegenden Scherbenteppich, in dem unsere Eisscholle zu den größeren Scherben gehörte. Im Lärm des Windes, der uns um die Ohren brauste, konnten wir manchmal das Knirschen vernehmen, mit dem die Eisschollenränder aneinander rieben. Der Eisrand, an dem wir standen, begann dicht vor uns wegzubrechen. Wir zogen uns bis zu einer verharschten Schneewehe zurück, die uns vor dem Wind Schutz bot. Dort sahen wir uns um. Kein anderes Lebewesen befand sich auf dieser schwimmenden Insel, kein Mensch und auch kein Tier. Trotz des Windes erklommen wir den Eishügel. Von oben konnten wir Ugiuvak sehen. Zu unserer Freude erkannten wir, dass wir der Insel näher gekommen waren als wir angenommen hatten. Es sah nicht mehr aus, als würden wir ihr zu trinken geben, aber unsere Freude blieb gedämpft, denn es war nun schon beinahe dunkel und die Insel hob sich nur noch schwach vom Himmel der beginnenden Nacht ab. Lichter konnten wir keine sehen. In unserem Dorf gab es keine Lampen, außer den Tranlampen, mit denen unsere Heime erhellt und gleichzeitig warm gehalten wurden und auf denen die Frauen kochten. Ich konnte mir vorstellen, dass man inzwischen nach uns Ausschau hielt und einige Leute zu den Felsen über unserem Dorf aufgestiegen waren um weiter auf das Eis hinaussehen zu können. Simon meinte, dass wir ein Feuer machen sollten, aber wir hatten nichts dabei, das wir fortan entbehren konnten. Wir hatten nicht einmal unsere Schneeschuhe mitgenommen. Sie lagen dort, wo wir gemeinsam aufgebrochen waren, und warteten darauf, dass wir sie auf dem Rückweg mitnahmen. Das Einzige, was wir hätten anzünden können, war Angies Notizbuch. Dies fiel mir natürlich ein und ich glaube, auch Paul und Simon dachten daran, aber Angie hätte uns kaum gewähren lassen und außerdem hätte es ohnehin nur ein kleines Feuer abgegeben, das die Leute von Ugiuvak bestimmt nicht gesehen hätten.

Obwohl es schon beinahe Nacht war, konnten wir erkennen, dass uns die Strömung in nordwestlicher Richtung davontrieb, weg von Ugiuvak, weg von unserer Insel, die auch unsere Welt war.

Es war nicht der Wind, der mein Herz kalt werden ließ. Ich hatte Angst, aber ich mochte es nicht zugeben. Wir stiegen vom Hügel hinunter und im Schutze der Schneewechte holte Paul sein Rauchzeug hervor. Er stopfte seine Pfeife und zündete sie an. Nachdem er eine Weile gepafft hatte, bot er mir die Pfeife an. Ich rauchte. Es tat gut, den würzigen Rauch einzuziehen. Ich gab die Pfeife an Simon weiter.

»Mein Onkel und Mr Ross werden über das Radio die Küstenwache alarmieren«, sagte Angie.

Simon gab ihr die Pfeife. Sie rauchte und dann lachte sie.

»Morgen werden sie mit Flugzeugen nach uns suchen.«

»Es ist eine lange Nacht bis morgen«, sagte Simon.

Paul nickte. »Das ist es«, bestätigte er und streckte die Hand nach der Pfeife aus, die ihm Angie anbot.

7. Januar

Der zweite Tag
In der Strömung

Am Abend, im Schutze der Schneewehe, hatten wir gemeinsam gebetet. Wir drei, Paul, Simon und ich, wir waren strenggläubige Christen. Paul, der Älteste von uns, war in Nome getauft worden, weil es damals bei uns noch keine Missionskirche gab. Simon und ich, wir wurden beide auf Ugiuvak getauft. Ich erwähne das nur, damit niemand auf die Idee kommt, wir wären so eine Art von Wilden gewesen, von heidnischen Eskimos, die ob ihrer Gottlosigkeit kein besseres Schicksal verdienten. Dem ist nicht so. Im Gegenteil, Simon, zum Beispiel, war seit seiner frühen Jugend ein ergebener Altardiener. Noch am Morgen, bevor wir aufgebrochen waren, hatte er Vater Thornton bei der Messe assistiert. Wir waren an diesem Morgen alle zur Messe gegangen und dort, in der Kirche, hatte ich unter den anderen Frauen und Mädchen auch Angie gesehen, völlig verschlafen, und als ich sie verstohlen angesehen hatte, hatte Angie gerade hinter der vorgehaltenen Hand gegähnt, was zum Glück ihrem Onkel nicht aufgefallen war. Dass sie uns nach der Messe nachgeschlichen war und das Dorf heimlich verlassen hatte, das konnte ich immer noch nicht richtig glauben, obwohl es ja inzwischen längst eine Tatsache war.

Fast die ganze Nacht hindurch versuchten wir der Strömung entgegenzuwirken, indem wir in die andere Richtung gingen. Die Nacht war so dunkel, dass wir die Spalten und Rinnen zwischen den Eisschollen meistens erst sahen, wenn wir mit dem nächsten Schritt ins Wasser gefallen wären. Paul und ich wechselten uns in der Führung ab. Simon hatte am meisten Mühe, weil seine Augen bei Dunkelheit, trotz der Brille, nicht richtig funktionierten.

»Pass nur auf, dass du deine Brille nicht verlierst«, sagte ich einmal zu ihm, als wir hinter einigen Eisschollen dicht beisammen niederkauerten um wenigstens für kurze Zeit dem Wind zu entgehen. Er begann nun hin und wieder seine Stimme zu erheben. Das sagen wir, wenn der Wind pfeift oder singt oder gar zu heulen anfängt. Wir kauerten geduckt zwischen den Eisschollen und zogen unsere Köpfe ein. Es war lange nach Mitternacht. Meine Beine wollten mich nicht mehr weitertragen. Die ganze Zeit, seit es dunkel geworden war, hatte uns der Wind ins Gesicht geblasen. Wir hatten unsere Kapuzen zugezogen, so dass nur noch gerade unsere Augen und die Nase frei der Kälte ausgesetzt waren. Diese Kälte wurde im Laufe der Nacht schier unerträglich, weil selbst die Parkas und die dicken Mukluks nicht ausreichten uns warm zu halten. Am schnellsten wurden unsere Hände und Füße kalt, doch keiner von uns beklagte sich. Wir schwiegen die meiste Zeit. Wir schwiegen, weil es zum Reden zu kalt war. Ich versuchte meine Zehen und Finger ständig in Bewegung zu halten, weil ich fürchtete, sie würden mir abfrieren. Gefühllos waren sie schon. Zuerst hatten sie geschmerzt. Jetzt spürte ich sie nicht mehr. Ich spürte nicht einmal mehr meine Füße und ich war sicher, dass es den anderen ebenso erging. Ich wartete darauf, dass Angie etwas über die Kälte sagen oder gar zu jammern anfangen würde. Immerhin war sie ein Mädchen und dort, wo sie herkam, war es im Winter nie so kalt wie hier. Und wenn es einmal richtig kalt war und Schnee fiel, brauchte niemand zur Schule zu gehen. Das hatte sie uns im Unterricht gesagt, als sie vor versammelter Klasse von Kansas berichtete. Hätte es bei uns eine solche Regel gegeben, wäre Mr Ross die meiste Zeit mutterseelenallein im Klassenzimmer gestanden. Wir gingen zur Schule, auch wenn es siebzig Grad unter Null war. Vielleicht war es fünfzig Grad unter Null oder vierzig. Das macht keinen Unterschied, wenn man einmal zu frieren angefangen hat und sich weder an einem Feuer aufwärmen kann noch etwas Warmes zu essen kriegt.

Irgendwann in der Nacht legten wir uns alle hin. Wie Hunde lagen wir im Schnee, so dicht beisammen, dass wir uns nicht mehr rühren konnten. Ich hatte Angies Kopf auf meinem

Bauch und einen Arm von Simon im Gesicht. Wir waren so müde und erschöpft, dass wir trotz der Furcht vor dem Erfrieren einschliefen. Der Wind wehte dünne Eisnebelschleier über uns hinweg. Wir merkten es nicht. Ich hatte einen Traum, an den ich mich noch erinnere. Diesen Traum träumte ich früher oft. Nicht immer geschah alles in diesem Traum auf dieselbe Art und Weise und trotzdem war es immer derselbe Traum. Merkwürdig ist, dass ich ihn in jener Nacht das letzte Mal träumte und seither warte ich vergeblich auf eine Nacht, in der dieser Traum wieder zu mir zurückfinden würde.

Es geschah in der Zeit, bevor sich um unsere Insel herum Eis bildet, also im Herbst. In dieser Zeit machen wir Jagd auf Robben, indem wir mit dem Kajak ins offene Meer hinausfahren. Ich besaß ein eigenes Kajak, das der große Mezanna für mich gebaut hatte. Der Mezanna war der geschickteste Kajakbauer unserer Insel, der große Meister. Für dieses Kajak erhielt er von uns die Zähne eines Walrosses, die er in Nome wiederum gegen Tabak und Kandiszucker eintauschte. Also, ich war allein draußen, auf der Ostseite unserer Insel, im Schatten mächtiger Felsklippen, über denen sich dieser flache Stein befindet, den wir Naniurait nennen. Ich befand mich direkt unter Naniurait und blickte zu ihm auf und da sah ich dort oben den alten Alluk stehen, von dem die Leute sagen, dass er drüben auf dem Festland den gefürchteten Schamanen

Quaksrak ermordet hatte. Alluk war eigentlich keiner von uns. Er war ein Kawiara-Mann von der Küste, aber nachdem er Quaksrak getötet hatte, floh er zu uns hinaus auf die Insel um den Fluch des Schamanen zu entgehen. Er versteckte sich in einer verlassenen Steinhütte auf der anderen Seite der Insel und kleidete sich wie eine Frau um die Rachegeister Quaksraks zu täuschen. Er trug sogar jene ausgefallenen Mukluks mit den hohen verzierten Schäften, wie sie sonst nur von Frauen getragen wurden.

Dort oben stand er nun auf dem flachen Stein, den wir Naniurait nennen, aber zu meinem Erstaunen war er splitternackt. Ich konnte ihn gut sehen, denn ich befand mich nicht weit von den Felsklippen entfernt. Sein langes weißes Haar flog und sein dürrer Körper bog sich im Wind. Mit beiden Händen hielt er einen Harpunenspeer zum Stoß erhoben, als wäre der flache Stein unter ihm aus Eis.

»Mayac!«, rief er zu mir herunter und benutzte dabei meinen wirklichen Inuit-Namen und nicht den christlichen Vornamen. »Mayac, komm her, wenn du eine Bartrobbe erlegen willst.«

Dort oben, wo er stand, hoch über dem Wasser, dort oben gab es natürlich keine Bartrobben und deshalb lachte ich ihn nur aus, als er mich aufforderte zu ihm zu kommen.

»Alter Mann, lass mich mit deinem Geschwätz gefälligst in Ruhe!«, rief ich zu ihm hoch, aber meine Stimme schien ihn nicht zu erreichen, sondern hallte wie ein Echo von unsichtbaren Mauern zurück.

»Mayac, diese Insel ist voller Bartrobben!«, fuhr er unbeirrt fort. »Schau nur, ich zeige sie dir!«

Kaum hatte er ausgesprochen, stieß er den Harpunenspeer kräftig in den flachen Stein, auf dieselbe Art, wie ein Jäger den Harpunenspeer durch das Atemloch einer Robbe stößt, die sich unter dem Eis befindet. Ich erwartete, dass die Spitze des Harpunenspeeres abbrechen würde, aber zu meinem Erstaunen öffnete sich direkt unter dem flachen Stein die Insel, als wäre sie von Alluks kräftigem Stoß gespalten worden. Vor meinen Augen entstand dicht über dem Wasser eine große Höhle, aus der mir ein blaues Licht entgegenleuchtete, wie ich noch nie zuvor eines gesehen hatte. In diesem blauen Licht bewegten sich Schatten, die aussahen wie spielende Robben. Es wimmelte nur so von ihnen und es schien tatsächlich, als hätte Alluk die Wahrheit gesagt, als er behauptete, dass die ganze Insel voller Bartrobben sei. Ich blickte mich schnell um, aber es waren keine anderen Jäger in der Nähe. Da fing ich an schnell auf die Höhle zuzupaddeln, aber je schneller ich paddelte, desto mehr entfernte ich mich von der Insel.

»Komm her, Mayac!«, hörte ich Alluks krächzende Stimme im Wind. Ich spähte zu dem flachen Stein hoch, aber der alte Mann war verschwunden. Seine Stimme kam aus der Höhle, doch konnte ich ihn im blauen Licht nirgendwo sehen. Ich paddelte wie besessen, aber die Insel wurde immer kleiner, und ich blickte mich nach der Küste um und erschrak über den Anblick eines Berges, der so dicht vor mir aufragte, als wäre ich bis auf einige Meilen an die Küste herangekommen. Dieser Berg war Cape Mountain, der sonst von unserer Insel aus nur an klaren Tagen schwach zu erkennen war. Ich hatte keine Ahnung, wie es geschehen konnte, dass ich mich sozusagen von einem Moment auf den anderen so weit von unserer Insel entfernt hatte und so nahe an das Festland herangekommen war. Eine solche Verzerrung meiner Welt konnte nur geschehen, wenn man vor irgendwelchen Geistern heimgesucht wurde. Das wusste ich von den Alten, die manchmal in den Kagri solche Spukgeschichten erzählten, wenn alle Dinge ihr entgegengesetztes Wesen annehmen und der Felspfad unter den Füßen weich wird und ein ferner Berg einem plötzlich nahe ist. In meiner Angst paddelte ich aus Leibeskräften, aber ich kam nicht mehr vom Fleck. Als meine Kräfte erlahmten, merkte ich, dass mein Kajak plötzlich vom Eis umgeben war, obwohl ich vor einer Sekunde noch nicht eine einzige Eisscholle gesehen hatte. Das Eis war fest und es blieb mir nichts anderes übrig als mein Kajak zu verlassen. Ich war völlig niedergeschlagen, da ich keine Ahnung hatte, wie ich ohne mein Kajak nach Ugiuvak zurückgehen sollte. Ich konnte die Insel nun nicht einmal mehr sehen, aber da hörte ich Alluks Stimme. Sie kam vom Cape Mountain her und dort, vor dem Berg, leuchtete das blaue Licht, das ich zuvor im Innern unserer Insel gesehen hatte. Wie von einem geheimnisvollen Zwang getrieben, begann ich auf den Berg zuzugehen. Das blaue Licht blendete mich. Ich versuchte meine Augen mit einer Hand zu schützen. Da bemerkte ich die Spur im Schnee. Es war die Spur eines Menschen. Fußstapfen von Mukluks, die in die entgegengesetzte Richtung führten. Fußstapfen, wie ich sie machte. Ich blieb stehen und drehte mich um. Meine Mukluks passten haargenau in diese Fußstapfen, so genau, dass die Spur nur meine eigene sein konnte. Ich erstarrte in meiner eigenen Spur, unfähig mich zu rühren.

Das war mein Traum. In jener ersten Nacht, die wir draußen im Packeis verbrachten, träumte ich ihn zum letzten Mal. Ich kam nie weiter als bis zu jener Stelle, wo ich mich in meiner eigenen Spur umdrehte. Auch dieses Mal erwachte ich aus meinem Traum, ohne dass mich jemand aufweckte. Ich war kalt bis auf die Knochen. Kalt und müde. Ich wusste, dass ich hätte aufstehen und mich bewegen sollen, aber ich rührte mich nicht. Der Wind jaulte und heulte schlimmer als ein Rudel hungriger Hunde. Es war stockdunkel und ich hatte keine Ahnung, wie viel Zeit vergangen war, seit wir uns an dieser Stelle hingelegt hatten um ein wenig zu schlafen und auszuruhen.

Paul, der halb unter mir lag, bewegte sich. Er stieß mein Bein von sich und kroch unter mir hervor und über Simon hinweg. Er trat Simon ins Gesicht. Zum Glück trug dieser seine Brille nicht.

»Aufstehen«, hörte ich Paul sagen. Er musste beinahe schreien, damit wir seine Stimme hören konnten. »Aufstehen!« Er beugte sich nieder und zerrte an meinem Parka. »Wir müssen weiter, sonst erfrieren wir hier.«

Wir lösten uns voneinander. Ich weiß nicht, wie es geschah, aber ich hatte plötzlich Angies Hand in meiner Hand. Ich hielt sie fest und zog sie auf die Beine. Der Wind stieß sie beinahe aus dem Gleichgewicht. Wir mussten uns alle mit voller Kraft gegen den Wind stemmen. Dicht beisammen gingen wir hinter Paul her. Ich hielt Angies Hand fest. Solange es dunkel war, wollte ich sie nicht mehr loslassen. Überhaupt, ich wollte sie nie mehr loslassen und da, während wir im eisigen Wind durch die Nacht stapften, wunderte ich mich erneut über das merkwürdige Gefühl, das an einem ganz bestimmten Tag im Juli in mir erwacht war und mit dem ich jetzt nicht viel anfangen konnte, weil wir uns in einer Situation befanden, in der man sich von seinen Gefühlen nicht verwirren lassen sollte. Ich versuchte nicht an Angie zu denken, aber es gelang mir nicht.

Wir gingen blind durch die Nacht, gegen den Wind und gegen die Strömung. Knapp bevor es Tag wurde, schien es wärmer zu werden. Salziger Sprühnebel trieb im Wind, blieb an uns hängen und gefror zu Kristallen. Als es endlich hell wurde, konnten wir erkennen, dass wir alle vier aussahen wie Geister. Selbst unsere Gesichter waren um den Mund herum eisverkrustet. Wir suchten in der Ferne nach unserer Insel, konnten sie aber nirgendwo sehen. Rund um uns herum war nichts als Eis und Himmel. Grauer, wolkenverhangener Himmel.

»Bald schneit es«, sagte Simon.

»Wir müssen weiter«, sagte Angie. »Inzwischen ist die Küstenwache alarmiert und die Luftwaffe.«

Die Luftwaffe war im Marks Air Force Base in Nome stationiert, mehr als hundert Meilen weit entfernt. Ich schützte mein Gesicht mit dem Arm und versuchte gegen den Wind in die Richtung zu sehen, in der ich Nome vermutete. Selbst wenn Vater Thornton über das Kurzwellenradio die Air Force Base in Nome alarmiert und man von dort Suchflugzeuge ausgeschickt hatte, würde man uns in dieser endlosen Eiswüste niemals finden. Wir befanden uns in einer verzweifelten und nahezu hoffnungslosen Situation, auch wenn Angie dies nicht wahrhaben wollte. Sie wusste nicht, dass uns die schnelle Strömung immer weiter nach Nordwesten abtrieb, den beiden Diomeden-Inseln entgegen, die so klein waren, dass es reiner Zufall gewesen wäre, wenn uns die Eisschollen an ihre Ufer getragen hätten.

»Wir dürfen die Hoffnung nicht aufgeben«, fuhr Angie fort, als sie sah, dass wir alle drei die Köpfe hängen ließen. »Es ist nicht mehr so kalt wie in der Nacht. Und vielleicht sind wir näher an King Island herangekommen, als wir denken, und sobald sich die Wolken lichten, stehen wir vor ihr.«

Paul ermahnte uns das Morgengebet nicht zu versäumen. Wir knieten nieder. Simon betete für uns alle.

»Es ist nicht, dass wir uns vor dem Tod fürchten«, sagte er leise und der Wind zerrte ihm die Worte von den Lippen und wehte sie über das Eis hinweg, vielleicht bis zu den Diomeden-Inseln und noch weiter, nach Sibirien. »Ich bitte dich nicht darum, uns vor dem Tod zu bewahren, und wenn wir hier draußen auf dem Packeis sterben sollen, so soll dein Wille geschehen. Unser Leben gehört dir, vom Tag unserer Geburt bis in alle Ewigkeit. Wir sind dankbar für die Zeit, die wir auf dieser Welt verbringen durften, auf unserer Insel Ugiuvak, zusammen mit unseren Familien und unseren Freunden im Dorf. Meine Freunde und ich, wir wollten nichts anderes tun, als eine schöne große Bartrobbe erlegen und sie ins Dorf zurückzubringen, wo die Leute nicht mehr viel zu essen haben. Das war unsere Absicht und wir hätten sie befolgen sollen. Stattdessen ließen wir uns durch die Verlockung, einen Eisbären zu erlegen, von unserem Weg abbringen und jetzt knien wir hier draußen auf dem Eis, ohne Schneeschuhe und ohne Proviant und Feuer. Wenn du etwas für uns tun willst, lieber Gott, lass uns bitte einer Robbe begegnen. Das würde uns schon weiterhelfen. Amen.«

»Es braucht keine schöne große Bartrobbe zu sein«, fügte Angie ernst hinzu, noch bevor Paul und ich dazu kamen, das Gebet ebenfalls mit einem Amen abzuschließen. »Es kann sich auch um eine kleine Ringelrobbe handeln oder um eine Klappmütze. Amen.«

»Amen«, sagte ich. Wir erhoben uns. Nur Paul blieb im Schnee knien, den Kopf gebeugt. Er betete stumm. Wahrscheinlich betete er für seine junge Frau, die zu Hause um ihn bangte. Paul hatte zuerst nicht mitgehen wollen, als ich ihn bat mich auf die Jagd zu begleiten. Er war zwei Tage zuvor auf die Jagd gegangen und ausnahmsweise mit leeren Händen zurückgekehrt. Nicht einmal eine einzige Robbe hatte er in der Umgebung der Insel gesichtet und die Atemlöcher, die er aufsuchte, waren alle unbenutzt. Es schien, als ob die Robben woanders hingezogen waren, vielleicht weiter nach Süden und in die Nähe der Küste. Warum dies hin und wieder geschah, konnte niemand erklären.

Schließlich hatte ich Paul überreden können mit mir und mit Simon zu gehen, aber er hatte nicht einmal sein Jagdgewehr mitgenommen. Nun wünschte ich, er wäre daheim bei seiner jungen Frau geblieben, die in wenigen Tagen ihr erstes Kind erwartete. Er machte sich Sorgen um sie.

»Wir kehren zurück, Paul«, versprach ich ihm, als er aufstand. »Ganz bestimmt.«

Er hob den Kopf.

»Ich muss zurück«, sagte er nur, aber es klang fast wie ein Schwur und in diesem Moment war ich absolut sicher, dass zumindest er, Paul Kasgnoc, der Erfahrenste von uns, es schaffen würde, nach Hause zurückzukehren.

Wir gingen weiter. Es wurde tatsächlich wärmer. Nicht viel, aber wir spürten es, weil uns der Atem in der Nase nicht mehr gefror. Die weißen Parkas, die wir trugen, waren steif von der Eiskruste und von unseren Robbenfellhosen und den Mukluks hing das Salzwassereis in faustgroßen Klumpen, die wir hin und wieder wegschlugen.

Wir hatten seit dem Abend, bevor wir unsere Insel verlassen hatten, nichts mehr gegessen. Auch die Tage zuvor hatten wir uns kaum einmal satt essen können und am Morgen, als wir aufbrachen, hatten wir nichts gegessen, weil das gegen die alte Regel verstoßen hätte, die besagt, dass die Seetiere nicht bereit sind sich von einem satten Jäger erlegen zu lassen. Schon am Tag zuvor hatte ich nur ein Stück vom Rest einer gekochten Walrosshaut gegessen. Solche Reststücke, die beim Bau eines Umiak oder beim Hausbau übrig blieben, wurden meistens aufbewahrt um sie in einem strengen Winter an die Hunde zu verfüttern. Aber in diesem Winter trugen die Leute die kleinsten Hautstücke zusammen und kochten sie in einem Gemeinschaftstopf, aus dem alle essen durften. Diese Zeit war eine Prüfung für uns alle, die wir auf Ugiuvak zu Hause waren. Selbst Vater Thornton, Angies Onkel, erging es nicht besser als uns, denn seine letzte Lebensmittellieferung war mit dem Kutter nach Nome zurückgekehrt, und so blieb ihm nichts anderes übrig, als die ihm verbleibenden Vorräte zu rationieren. Dies galt auch für Mr Ross, unseren Schullehrer.

Ich wusste nicht, wann sich Angie das letzte Mal satt gegessen hatte. Bestimmt war sie genauso hungrig, wie ich es war, aber sie ließ es sich nicht anmerken. Paul hingegen begann mit einem Mal über heftige Bauchschmerzen zu klagen. Wir hatten keine Ahnung, wodurch sie verursacht wurden. Vielleicht hatte er in den letzten Wochen noch weniger gegessen als wir um dafür seiner Frau einen größeren Anteil zukommen zu lassen. Dies war bestimmt der Grund, warum er nun solche Bauchschmerzen bekam, dass er sich manchmal mitten im Schritt zusammenkrümmte. Er presste beide Arme in den Unterleib und wir hörten ihn bei jedem Atemzug stöhnen, bis die Krämpfe nachließen und er schließlich weitergehen konnte.

Ich fragte ihn, ob ich seinen Jagdstock tragen sollte und seinen Harpunenspeer und den Eisstock. Er schüttelte den Kopf.

»Diese Bauchschmerzen gehen bald vorbei«, sagte er. »Wenn du willst, kannst du mit dem Eisstock vorangehen, Vincent.«

Von da an führte ich und ich begann zu spüren, wie die Verantwortung schwer auf meinen Schultern lastete.

Es begann leicht zu schneien. Die Sicht wurde schlechter und bald bewegten wir uns in einer Leere, in der keine Richtungen mehr existierten, nicht einmal mehr oben und unten. Ich führte, aber ich hatte keine Ahnung, wohin wir gingen. Wir bewegten uns, weil wir sonst erfroren wären. Wir bewegten uns im Nichts, vier verlorene Gestalten in einer Welt, die alle Formen und Farben, die wir kannten, verloren hatte.

Keiner von uns wusste noch, wo wir uns befanden. Es gab nichts mehr, wonach wir uns hätten orientieren können. Wir wussten nicht einmal mehr die Zeit. Angies Uhr war irgendwann stehen geblieben. Angie hatte es in ihr Notizbuch geschrieben.

»Was schreibst du in dein Notizbuch?«, fragte ich sie.

Sie blickte auf und lächelte.

»Dass die Uhr stehen geblieben ist«, antwortete sie. »Das ist es, was ich in mein Notizbuch schrieb.«

Pauls Schmerzen wurden immer schlimmer. Wir mussten häufiger anhalten und warten, bis er die ärgsten Krämpfe überstanden hatte und weitergehen konnte. Seine Kräfte ließen nach und mehrere Male mussten wir Umwege machen um schmälere Wasserrinnen zu suchen, weil er sich einen weiten Sprung nicht zutraute. Angie blieb nun immer in seiner Nähe und wenn er anhielt, machte sie mich darauf aufmerksam, indem sie meinen Namen rief.

Einmal, als ich stehen blieb um auf Paul und Angie zu warten, stapfte Simon an mir vorbei. Er ging einfach weiter und ich war zu müde ihn zurückzurufen oder ihm gar nachzulaufen um ihn aufzuhalten. Er verschwand in dem leichten Schneegestöber und ich ging zu Paul und Angie zurück. Paul kniete auf dem Eis und übergab sich. Angie kauerte bei ihm und hatte einen Arm um ihn gelegt um ihn zu stützen. Sie blickte zu mir auf ohne etwas zu sagen. Aber der Blick ihrer Augen verriet mir, wie sehr sie sich bemühte ihre innere Verzweiflung vor uns zu verstecken.

»Wenn es uns gelänge, eine Robbe zu erlegen...«, sagte sie ohne den Satz zu Ende zu sprechen. Ich kauerte nieder um sie und Paul vor dem Wind zu schützen. Paul hob den Kopf. Sein Gesicht war eisverkrustet. Ich nahm ihm den Jagdsack vom Rücken und hängte ihn mir um. Er war nicht schwer. Wir hatten uns alle drei nur für eine kurze Robbenjagd ausgerüstet.

»Komm, wir müssen weiter«, sagte ich zu ihm.

»Meine Beine sind müde«, antwortete er. »Wenn ich euch zur Last falle, lasst mich zurück.«

Ich packte ihn und zerrte ihn auf die Beine.

»Du gehst mit uns«, sagte ich.

Wir gingen weiter und überquerten eine dünne Eisrinne, die vor uns Simon überquert hatte.

»Wo ist Simon?«, fragte Angie, die erst jetzt merkte, dass er nicht mehr bei uns war.

»Er ist vorangegangen«, sagte ich. »Das ist seine Spur.«

Wir folgten einer schwachen Spur im Neuschnee, der eine dünne Decke bildete. Plötzlich hörten wir Simon rufen. Wir konnten ihn nicht sehen, aber wir vernahmen deutlich seine Stimme. Er rief nach mir. Weit konnte er nicht von uns entfernt sein. Ich überließ Paul Angies Obhut und ging schneller in die Richtung, aus der die Stimme kam. Da tauchte Simon vor mir auf.

»Vincent!«, rief er mir zu. »Dort drüben..., dort drüben liegt deine schöne große Bartrobbe, die du gestern erlegt hast.«

»Meine Bartrobbe?«, rief ich ungläubig zurück. »Das kann nicht sein.«

»Doch, dort drüben liegt sie!« Er zeigte in das Nichts hinaus und ich dachte, dass er vielleicht plötzlich aus irgendeinem Grund den Verstand verloren hatte. Paul und Angie kamen herbei. Simon packte Paul und schüttelte ihn. »Bald kriegst du was zu essen, Paul! Komm, ich zeige es dir. Dort drüben liegt eine schöne große Bartrobbe.«

Er lief uns voran und wir folgten ihm, so schnell wir konnten. Tatsächlich, am Rande des Eisfeldes, im Windschatten hoher Schollenhügel, lag der Kadaver der Bartrobbe, die ich am Tag zuvor geschossen hatte. Er lag dort, wie wir ihn zurückgelassen hatten. Niemand hatte ihn angerührt, aber er war nun steif gefroren und mit Schnee bedeckt.

Wir fielen vor dem Kadaver in die Knie und wischten mit der Hand den Schnee von der Schnauze um zu sehen, ob es tatsächlich meine Bartrobbe war und nicht eine, die ein anderer Jäger erlegt hatte. Von der Schnauze fehlte das Stück, das ich gestern den Geistern geopfert hatte. Jetzt bedankte ich mich im Stillen ganz schnell bei ihnen, dass sie uns hierher zurückgeführt hatten. Unterdessen war Simon schon dabei, mit seinem Jagdmesser die Fellhaut der Bartrobbe aufzuschneiden. Die dicke Speckschicht darunter war so hart, dass wir Stücke davon mit unseren Messern abhacken und zerkleinern mussten um sie essen zu können. Erst im Mund zwischen unseren Zähnen wurde der Speck weicher und begann seinen uns wohl bekannten Trangeschmack anzunehmen. Paul, Simon und ich, wir waren es gewohnt, Robbenspeck roh zu essen, aber ich wusste, dass alle weißen Besucher unserer Insel Robbenspeck nur mit Widerwillen aßen und den meisten sogar davon schlecht wurde. Angie hatte bestimmt überhaupt noch nie ein rohes Stück Speck oder rohen Fisch gegessen, aber jetzt kniete sie neben Paul im Schnee und als ich ihr einen Klumpen Speck hinhielt, griff sie so hastig danach, als hätte ich ihr einen ganz besonderen Leckerbissen angeboten.

»Pass auf, du kannst dir daran die Zähne ausbrechen«, warnte ich sie, aber sie schien überhaupt nicht zu hören. Heißhungrig begann sie an dem Speckstück herumzunagen wie ein Hund an einem Knochen. Simon bearbeitete den Kadaver mit seinem Messer und grub ein großes Loch in den Rücken der Robbe. Wahrscheinlich hoffte er, im Inneren des Kadavers auf Fleisch zu stoßen, das noch nicht ganz gefroren war, aber der Kadaver war durch und durch beinhart.

Während wir im Schnee knieten und aßen, schneite es immer dichter. Mir fielen unsere Schneeschuhe ein. Falls es einige Tage so dicht weiterschneite wie jetzt, waren wir ohne Schneeschuhe bald zu erschöpft und irgendwann nicht mehr kräftig genug einen Fuß vor den anderen zu setzen. Die Eisscholle, auf der wir uns befanden, war ein Stück der festen Eisdecke, die unter dem Druck der Strömung weggebrochen war und nun zum Packeis gehörend nach Nordwesten abtrieb. Gestern noch, als ich die Bartrobbe erlegt hatte, war diese Stelle hier nur einen kurzen Fußmarsch von unserer Insel entfernt gewesen. Obwohl ich im Schneegestöber nichts sehen konnte, war ich sicher, dass wir nun an der gleichen Stelle wie gestern meilenweit von Ugiuvak entfernt waren.

»Glaubst du, dass wir den Platz finden können, wo wir unsere Schneeschuhe zurückgelassen haben?«, fragte ich Simon, der dabei war, einige Speckstücke unter den Fellparka zu packen, damit sie durch seine Körperwärme weich werden konnten. Ich sah ihm an, dass er bis jetzt noch gar nicht an unsere Schneeschuhe gedacht hatte. Nun erhob er sich und blickte in die Richtung, in die wir gestern gegangen waren um mit Paul und Angie zusammenzutreffen.

»Wir wissen nicht, wie groß diese Eisscholle ist, Vincent«, sagte er mit vollem Mund. »Es sieht alles anders aus als gestern. Dort drüben befand sich ein Hügel, der jetzt nicht mehr da ist.«

»Vielleicht sehen wir ihn nur nicht im Schneetreiben«, antwortete ich, während ich mich langsam erhob. Meine Glieder waren schon steif geworden und die Gelenke schmerzten vor Kälte. Ich musste mich bewegen. Ich schlug vor, dass ich mich alleine aufmachte um nach unseren Schneeschuhen zu suchen, aber Paul sagte, dass wir zusammenbleiben sollten, solange es weiterschneite. Wir beschlossen so viel Robbenspeck mitzunehmen, wie wir tragen konnten, und uns gemeinsam auf die Suche zu machen. Paul fühlte sich nun viel besser. Die Bauchschmerzen hatten nachgelassen und er wollte unbedingt seinen Jagdsack selbst tragen. Jeder von uns hatte nun einige hart gefrorene Robbenspeckstücke im Jagdsack. Mehr als für ein paar Tage würde dieser Vorrat aber nicht ausreichen, denn unsere Jagdsäcke, die wir auf dem Rücken trugen, waren klein und außerdem waren wir jetzt schon so entkräftet, dass wir größere Lasten gar nicht hätten tragen können.

Nur Angie besaß keinen Jagdsack. Sie schlug vor sich im Tragen mit uns abzuwechseln. Simon überließ ihr seinen Jagdsack zuerst, als wir aufbrachen um den Platz zu suchen, wo sich unsere Schneeschuhe befanden. Er und ich gingen nun voran. Es gab keine Spuren mehr, denen wir hätten folgen können. Ich wünschte nun, ich hätte am Tag zuvor besser auf die Umgebung geachtet, aber die ganze Zeit war ich nur damit beschäftigt gewesen, daran zu denken, wie wir Angie loswerden könnten. Seither waren ein Tag und eine Nacht vergangen. Es schien mir, als hätten wir uns auf unserem Marsch nicht nur von Ugiuvak entfernt, sondern auch von uns selbst und von der Zeit, in die wir einmal gehört hatten. Wir waren im Nichts verloren, umgeben von der Ewigkeit, in der es keine Zeit gab und keinen Herzschlag.

Es war ein Zufall, dass wir in dieser Eiswildnis die Stelle fanden, wo unsere Schneeschuhe lagen. Der Tag neigte sich dem Ende zu, als Angie einen kleinen Schneehügel erblickte, an dem wir wahrscheinlich ohne sie vorbeigegangen wären.

Es schneite nun dichter, mit schweren Flocken, die an uns kleben blieben. Auf dem Eis lag der Neuschnee bereits einen Fuß hoch und es sah nicht danach aus, als ob es bald zu schneien aufhören wollte.

Wir gruben unsere Schneeschuhe aus. Es begann dunkel zu werden, aber wir fürchteten die Versuchung, uns in den Windschutz eines Eisgrabens zu begeben, in dem wir die Nacht hätten verbringen können. Wir mussten weitermarschieren, solange uns unsere Füße tragen konnten.

Paul ging es wieder schlechter. Er hatte sich auf dem Weg hierher mehrere Male übergeben müssen. Außerdem hatte er kein Gefühl mehr im linken Fuß. Er sagte es uns nicht, aber wir sahen, dass er beim Gehen immer mehr Mühe hatte das Gleichgewicht zu bewahren. Besonders die schwierigen Stellen im Eis machten ihm zu schaffen. Tiefe Gräben, die wir zu durchqueren hatten, und Wälle aus aufgetürmten Eisschollen, durch die wir uns Schritt für Schritt einen Weg suchen mussten.

Wir trugen jetzt unsere Schneeschuhe. Angie hatte in der kurzen Zeit, seit sie bei uns war, gelernt auf ihnen zu gehen. Trotzdem kam sie nun nicht mehr so schnell voran, aber auch Paul hatte Mühe, mit Simon und mir Schritt zu halten. Wir hielten oft an um auf die beiden zu warten. Paul sah immer schlechter aus. Sein Gesicht war eingefallen, der Ausdruck in seinen Augen ohne Leben. Solche Augen hatte ich schon einige Male bei alten Leuten gesehen, kurz bevor sie starben.

Als es beinahe dunkel war, suchten wir unter einigen Eisschollen Schutz. Es war die Zeit des Abendgebetes und die Zeit für Angie, in ihr Notizbuch zu schreiben. Ich betete für meine Mutter. Ich wollte nicht, dass sie sich Sorgen machte. Bestimmt hatte sie ein Paar meiner Sommermukluks zum Kagri gebracht und dort neben einem Paar von Paul und Simon aufgehängt. Das war ein uralter Brauch. Solange sich unsere aufgehängten Mukluks bewegten, so lange konnte man im Dorf sicher sein, dass wir noch lebten. Ich hatte das einmal bei jenen beiden Jägern erlebt, die nicht mehr zurückgekehrt waren. In einem besonderen Ritual waren ihre Mukluks mit Gras und Moos von unserer Insel ausgestopft und im Aguliit Kagri an einer Schnur aufgehängt worden. Mitten in der Nacht, wenn alles still war, beobachteten wir die Mukluks und einige Tage lang bewegten sie sich, zuerst ganz deutlich, dann immer schwächer, bis schließlich die Mukluks des einen Jägers aufhörten sich zu bewegen und einen Tag später die des anderen auch. Da wussten wir alle, dass sie niemals mehr aus dem Eis zurückkehren würden, und wir konnten nur noch für ihre Seelen beten.

Nachdem wir gebetet hatten, aßen wir vom Robbenspeck. Paul konnte nichts mehr halten. Sobald er ein Stück hinuntergeschluckt hatte, krümmten ihn die Krämpfe und er musste sich übergeben. Es stand schlecht um ihn, aber er war ein zäher Kerl und ich war sicher, dass er um sein Leben kämpfen würde, solange er die Kraft hatte.

Wir brachen sofort auf, nachdem wir gegessen hatten. Angie trug jetzt Pauls Jagdsack und seinen Harpunenspeer. Wir blieben dicht beisammen, damit wir uns im Schneegestöber und in der Dunkelheit nicht verloren. Ich nahm Angie bei der Hand und sie hielt Pauls Hand fest. Den Abschluss machte Simon. Wir kamen jetzt nur langsam voran, obwohl wir uns auf einem ziemlich flachen Eisfeld befanden. Der Wind hielt uns auf.

Paul konnte nicht mehr.

Krumm stand er im Wind, verloren wie ein alter Mann, dessen letzte Schritte ihn zum Rand eines Abgrundes getragen hatten. Den nächsten Schritt wollte er nicht mehr tun. Er hatte Angst vor der Leere, die sich vor ihm auftat. Er fürchtete die Tiefe, die ihn verschlingen wollte, und er lauschte der Stimme des Todes, die ihn leise aufforderte ihm ohne Furcht zu vertrauen und weiterzugehen.

»Ich kann nicht mehr«, keuchte er. »Ich muss hier bleiben.«

»Dann bleiben wir alle hier«, sagte Angie. »Wir lassen dich nicht allein, hörst du?«

»Hier ist kein guter Platz«, sagte Simon. »Hier ist kein Schutz vor dem Wind.«

»Ich kann nicht mehr weitergehen.« Paul hielt sich an Angie fest, als seine Knie unter ihm nachgaben. Ich griff nach ihm, aber bevor ich ihn auffangen konnte, brach er zusammen.

Wir ließen uns alle bei ihm nieder und Simon und ich, wir fingen an mit unseren Messern Blöcke aus dem Eis zu schlagen, mit denen wir einen Windfang errichten konnten. Angie kümmerte sich unterdessen um Paul. Sie zog ihm die Mukluks und die Fußstrümpfe aus und setzte sich so hin, dass er seine Füße unter ihren Parka strecken konnte. Auf diese Art versuchte sie ihm die Füße aufzuwärmen. Das gelang ihr nicht, da sie ihm auf dem Weg hierher abgefroren waren.

8. Januar

Der dritte Tag
Ein Flugzeug

Es schneite die ganze Nacht. Wir versuchten uns im Windschutz warm zu halten, indem wir einen engen Knäuel bildeten. Am Abend hatte ich mir ohne es zu merken in den linken Mukluk geschnitten. Wahrscheinlich war ich mit dem Messer beim Herausschlagen der Eisblöcke für den Windfang abgeglitten. Zum Glück war der Fuß nicht verletzt, aber mitten in der Nacht spürte ich plötzlich, wie die Kälte meine Haut am Fußgelenk zu verbrennen begann. Ich kroch zwischen den anderen hervor und nahm mein Nähzeug aus dem Jagdsack. Das Nähzeug bestand aus einer kleinen Ahle und einem Stück Ugrusehne. Jeder von uns hatte sein Nähzeug dabei. Es gehörte zur Ausrüstung eines Jägers. Im Dunkeln vernähte ich den Mukluk so sorgfältig, wie es meine steifen Finger zuließen und ohne dass ich etwas sehen konnte. Es war lebenswichtig, dass mein Fuß auf dem weiteren Weg trocken blieb, und so vernähte ich den Schnitt dreifach. Dabei musste ich aufpassen, dass ich mir mit der spitzen Ahle nicht in die Finger stach. Wahrscheinlich hätte ich es im Moment gar nicht bemerkt, denn meine Hände waren beinahe gefühllos. Sobald ich mit meiner Arbeit fertig war, zog ich meine Fäustlinge wieder an und legte mich zwischen meine Gefährten. Der Schnee deckte uns zu. Ich spürte, wie Angie sich bewegte. Simons Knie drückte mir in den Rücken. Paul lag zusammengekrümmt neben mir. Sein ganzer Körper zitterte und bebte ohne Unterlass. Ich wusste nicht, ob er schlief oder wach war. Er zitterte wie ein kranker Hund, aber er gab keinen Laut von sich.

Ich konnte nicht einschlafen. Meine Gedanken waren bei meiner Mutter. Ich konnte sie im Kagri sitzen sehen, zusammen mit unseren Freunden und Verwandten. Die Tranlampe spendete Licht und Wärme, während der Sturmwind durch unser Dorf fauchte. An einem Stützpfosten hingen unsere mit Moos und Gras gefüllten Mukluks. Immer wieder schaute jemand hin, ob sie sich noch bewegten.

»Da, seht hin, Vincent lebt!«, rief derjenige aus, der gesehen hatte, wie sich meine Mukluks bewegten. Dann blickten alle zu den Mukluks auf und sie konnten sehen, wie sie sich bewegten, ein bisschen nur, so dass man manchmal nicht sicher sein konnte, ob sie sich tatsächlich bewegt hatten oder ob es nicht nur eine Täuschung war.

Die Kinder schliefen, aber einige alte Leute waren wach und beobachteten die Mukluks und manchmal weckten sie meine Mutter um ihr zu sagen, dass ich noch lebte, oder sie weckten Simons Mutter oder Pauls junge Frau. Alle wohnten zur Zeit im Aguliit Kagri, das aus Steinbrocken gebaut war und aus Treibgut und Brettern. Es gab drei Kagri in unserem Dorf und auch in den anderen zwei wohnten zur Zeit viele Leute beisammen um die Wärme der Tranlampe und das Essen miteinander zu teilen.

Ich merkte gar nicht, wie ich einschlief und meine Gedanken mit mir nahm. Meine Mutter kam zu mir und breitete eine dicke weiche Felldecke über mir aus. Dann setzte sie sich auf ihre Schlafstelle und rauchte eine Zigarette. Durch den blauen Rauch hindurch blickte sie mich an.

»Dein Vater hat beschlossen Ugiuvak zu verlassen«, sagte sie. »Er will mit uns nach Nome gehen und dort bei unseren Verwandten leben.«

Ich setzte mich auf. Mein Vater war nicht da. Mein Bruder George und meine Schwester Amy schliefen. Einer unserer Hunde sprang auf mein Bett. Ich streichelte sein glattes Fell.

»Ich will nicht von hier weggehen«, sagte ich. »Ich kenne niemanden in Nome.«

»Unsere Verwandten sind dort und viele, die Ugiuvak vor uns verlassen haben. Es ist ein angenehmes Leben dort. Man kann zur Tür hinausgehen, ohne dass man gleich mit einem unachtsamen Schritt auf das Dach des nächsten Hauses hinunterfällt oder ins Meer.«

Meine Mutter lachte. »Dieses Dorf hier ist alt. Nirgendwo sonst auf dieser Welt gibt es Menschen, die in einem solchen Dorf leben. Es wird

Zeit, dass wir diese kleine Insel verlassen, auf der nichts wächst außer Moos und Gras.«

»Und unser Dorf? Was geschieht mit unserem Dorf?«

»Die Alten werden weiterhin hier wohnen. Und wenn sie alle nicht mehr sind, wird dieses Dorf ebenso zerfallen wie dasjenige auf der anderen Seite der Insel, wo nun nur noch der alte Alluk in seiner Steinhütte lebt.«

»Wenn wir diese Insel verlassen, wird sie im Meer versinken«, sagte ich schweren Herzens.

Meine Mutter kam zu mir und umarmte mich.

»Noch ist es nicht so weit, Vincent«, sagte sie sanft. »Noch sind wir alle hier und du kannst beruhigt schlafen, denn morgen ist ein neuer Tag und alles wird so sein, wie es immer war.«

An diesem Morgen wurden wir alle von einem heftigen Beben aus dem Schlaf gerüttelt. Die Eisscholle, auf der wir uns befanden, bäumte sich auf und zersplitterte, als würde sie aus der Tiefe mit den mächtigen Harpunen der Meergeister attackiert. Mit berstendem Krachen prallten Eisschollen zusammen, schoben sich kreischend übereinander und begannen sich unter heftigem Druck zu hohen Wällen aufzutürmen. Wir vermochten in der Dunkelheit und im Schneetreiben kaum etwas zu sehen, aber der ohrenbetäubende Lärm um uns herum, mit dem das meterdicke Eis auseinander brach, versetzte uns in Angst und Schrecken. Es schien, als wären wir, während wir geschlafen hatten, von den wildesten aller Dämonen umzingelt worden. Schreiend und jaulend jagten sie um uns herum durch die Nacht, fauchten uns ihren nassen Atem ins Gesicht und zerrten mit eiskalten Händen an unseren Parkas.

»Wir müssen weg von diesem Ort!«, hörte ich Simons warnende Stimme im Lärm. »Das Packeis ist auf eine feste Eisdecke aufgeprallt. Es kann gut sein, dass Land in der Nähe ist.«

»Land? Die Diomeden-Inseln vielleicht?«, rief Angie. Dann schrie sie auf, als plötzlich aus dem Dunkeln weiße Gestalten auf uns zuwankten, riesige Kreaturen, die sich vor uns erhoben, als wollten sie sich im nächsten Moment auf uns stürzen. Dicht beisammen begannen wir vor ihnen zurückzuweichen, halb gelähmt vor Schreck und Kälte. Paul stürzte und wir packten ihn und zerrten ihn mit uns und gleichzeitig schleppten wir unsere ganze Ausrüstung und die Schneeschuhe, die wir in der Nacht abgeschnallt hatten.

Diese mächtigen weißen Kreaturen verfolgten uns nicht, denn es waren Eisblöcke, die sich beim Aufeinanderprallen aus dem Wasser erhoben und sich aneinander aufrichteten, als hätten ihnen die Meergeister Leben eingehaucht. Wir zogen uns bis zu einem Eisgrat zurück, in dessen Windschutz wir uns sicher glaubten. Hier ließen wir uns nieder und warteten darauf, dass sich Sedna, die Meeresgöttin, wieder beruhigen würde.

Der Tag graute. Es schneite noch immer. Das Eis um uns herum war zur Ruhe gekommen. Nur ab und zu vernahmen wir schwach entferntes Krachen, das sich im Rauschen des Windes verlor.

Paul war am Ende seiner Kräfte. Er wollte sich nicht mehr erheben, als wir uns für den Weitermarsch vorbereiteten und damit begannen die Schneeschuhe anzuschnallen.

»Ihr müsst mich hier zurücklassen«, sagte er schwach. Ich spürte Angies Blick auf mich gerichtet. Sie wollte, dass ich etwas dazu sagen würde, aber ich schwieg. Was hätte ich sagen sollen? Paul konnte nicht einmal mehr aufstehen. Seine Füße waren ihm abgefroren und er hatte nichts von dem Robbenspeck bei sich behalten können.

Angie erhob sich und ging zu Paul. Sie kauerte bei ihm nieder und entfernte die Eisklumpen vom Fellbesatz seiner Kapuze.

»Wir gehen nicht ohne dich weiter«, hörte ich sie leise sagen. »Bestimmt sind die Diomeden-Inseln in der Nähe. Dort leben Menschen.«

Simon war schon zum Abmarsch bereit. Er hockte auf einem Eisbrocken und kaute an einem Stück Robbenspeck. Angie nahm den kleinen Beutel aus Robbenhaut unter ihrem Parka hervor. Sie hatte ihn mit Schnee voll gestopft und der Schnee war nun zu Wasser geschmolzen.

»Hier, trink«, forderte sie Paul auf und ich

hob den Kopf, weil ich mich über den harschen Tonfall in ihrer Stimme wunderte. Sie hielt den Beutel an Pauls Lippen und er trank davon.

»Siehst du, du musst dich nicht mehr übergeben«, sagte Angie. »Ich glaube, es tut dir gut, wenn du noch etwas trinkst.«

Sie flößte ihm das Wasser ein, bis der Beutel halb leer war. Sie füllte ihn mit Schnee und ließ ihn wieder unter ihrem Parka verschwinden. Dann begann sie Paul die Schneeschuhe anzuschnallen, aber Paul wollte das nicht.

»Ich werde euch nur zur Last fallen«, sagte er. »Frag Vincent, wenn du es mir nicht glaubst. Ein Jäger, der nicht gehen kann, wird von seinen Gefährten zurückgelassen.«

Angie warf den Kopf herum.

»Was sagst du?«, rief sie mir zu.

Ich hob die Schultern.

»Es ist so, wie er sagt.«

»Dann soll er etwa zurückbleiben und hier erfrieren?« Ich sah, wie sie den Kopf schüttelte, während sie sich weiter mit Pauls Schneeschuhen beschäftigte.

»Es ist seine Entscheidung«, sagte ich. »Er weiß, dass wir ihn nicht tragen können.«

»Dann werde ich ihn tragen!«, antwortete sie. Und sie meinte es ernst. Als er die Schneeschuhe an den Füßen hatte, erhob sie sich und streckte ihm ihre Hand hin. »Halt dich daran fest«, befahl sie ihm. »Ich helfe dir auf und ich bin sicher, dass du gehen kannst, Paul!«

Er blickte zweifelnd zu mir herüber.

»Sag ihr, dass ich lieber sterben will«, sagte er in unserer Sprache.

»Sie lässt dich nicht einfach sterben, Paul«, antwortete ihm Simon. »Es macht keinen Unterschied, wer von uns ihr etwas sagt. Sie hört nicht auf uns, das hast du ja erfahren, nicht wahr?«

»Sie hat einen Kopf aus Stein«, sagte Paul. »Wir hätten sie ins Dorf zurückschicken sollen.«

»Habe ich das etwa nicht versucht?«, entfuhr es mir. »Habe ich etwa nicht versucht sie zur Vernunft zu bringen?«

»Du sollst dich an meiner Hand festhalten!«, wiederholte Angie. »Du bist zwar krank und schwach, deinen Ohren fehlt jedoch nichts!«

»Es ist vielleicht besser, wenn du ihr gehorchst«, schlug Simon vor und ich nickte zu seinen Worten. Da hob Paul ergeben die Hand und Angie ergriff sie und zog ihn auf die Beine. Krumm und klein stand er auf seinen Schneeschuhen. Angie hielt ihn am Arm fest, weil er sonst vermutlich umgefallen wäre.

»Siehst du, ich habe dir gesagt, dass du gehen kannst«, sagte Angie freudig. »Wir lassen deinen Jagdsack und deine Harpune zurück, damit es leichter geht. Nur den Eisstock nehmen wir mit.«

So geschah es. Weder Simon noch ich wagten einen Einwand oder auch nur die Besorgnis zu äußern, dass unser Vorrat an Robbenspeck noch schneller zur Neige gehen würde, wenn wir Pauls Sack zurückließen, da keiner mehr die Kraft hatte ihn zu tragen oder zu schleppen.

Wie jeden Morgen, bevor wir aufbrachen, beteten wir. Auch an diesem Morgen bemerkte ich, dass Angie nicht mit uns betete und auch nichts in ihr Notizbuch schrieb. Sie hielt Paul aufrecht und blickte mich dabei die ganze Zeit an. Ich wusste nicht, was sie von mir wollte, aber ich brach mein Gebet mittendrin ab, drehte mich um und ging davon. Nach einigen Schritten schaute ich zurück. Angie und Paul folgten mir und es schien, als ob Paul tatsächlich noch einmal die Kraft gefunden hatte, mit uns zu gehen.

Paul fiel hin, obgleich Angie versuchte ihn zu halten. Da ich vorausging und dabei war, im dichten Schneegestöber einen Weg durch ein Gewirr von Eisschollen zu suchen, die wie zackige Berge vor uns aufragten, hielt ich erst an, als Angie meinen Namen rief. Ich blickte zurück, konnte aber weder Angie noch meine beiden Jagdgefährten Paul und Simon sehen. Ich folgte meiner eigenen Spur zurück bis zu einem zerklüfteten Eisgraben, der sich wie ein breites Flussbett durch das Packeis zog.

Angie und Simon waren dabei, Paul auf die Füße zu ziehen, aber seine Schneeschuhe waren überkreuzt und Paul verfügte nicht mehr über die Kraft in den Beinen, seine Füße anzuheben. Angie zerrte an einem seiner Beine herum, während Simon unter dem schlaffen Gewicht Pauls ins Wanken geriet und selbst fast zusammenbrach.

Angie blickte auf, als sie merkte, dass ich zurückgekommen war. Ich blieb einige Schritte entfernt stehen, im Wind gebeugt. Schnee wehte von den Eiskämmen und trieb in gespenstischen Schleiern die Grabenränder entlang.

»Was stehst du dort?«, rief sie mir zu. »Willst du uns nicht helfen?«

Ich wollte ihr sagen, dass es gegen Pauls Willen war ihn mitzuschleppen. Er war halb tot. Halb erfroren. Frostbeulen hatten sein eingefallenes Gesicht entstellt. Seine Augen waren zwei dunkle Löcher. Ich wusste, dass er sterben würde, aber ohne ein Wort zu sagen ging ich zu ihnen. Wir nahmen Paul die Schneeschuhe ab und ließen sie im Eisgraben zurück. Zuerst schleiften wir ihn ein Stück. Dann versuchten wir ihn zu tragen. Wir kamen nur noch langsam voran. Schritt für Schritt. Nirgendwohin.

Es wurde Nacht und es schneite noch immer. Der dritte Tag war vorbei. Wir gingen im Dunkeln weiter, denn wir befanden uns auf einem festen Eisfeld, das vielleicht größer war als unsere Insel. Es konnte gut sein, dass irgendwo in der Nähe Festland war. Oder eine Insel. Sobald wir keine Kraft mehr hatten, machten wir kurze Pausen und aßen vom Robbenspeck und tranken Wasser aus unseren Beuteln, die wir unter den Parkas auf dem Leib trugen. Einmal schlief Simon ein, aber ich weckte ihn nach wenigen Minuten wieder und wir brachen auf und schleppten Paul mit uns.

Die ganze Nacht hindurch marschierten wir. Am Morgen verkrochen wir uns unter mächtigen Schollen, die eine kleine Höhle formten. Es war ein guter Platz und wir hackten mit den Speerspitzen an unseren Harpunen Eisklötze weg, mit denen wir die Höhle zumachten, bis nur noch ein schmaler Spalt offen war.

Es war Morgen, aber der Tag ließ auf sich warten. Wir legten uns hin und ich war so erschöpft, dass ich sofort einschlief. Ich wurde erst wach, als mich jemand schüttelte. Es war Angie. Obwohl ich erschrak, hob ich nicht einmal den Kopf.

»Vincent, hörst du?«, flüsterte sie. Ich hielt den Atem an, aber ich konnte nur Simon atmen hören und vielleicht auch Paul. Und ganz schwach vernahm ich ein leise schwingendes Dröhnen, so schwach nur, dass es manchmal sekundenlang nicht zu hören war.

»Hörst du?« Angie schob ihre Kapuze zurück. Darunter trug sie eine Strickmütze mit gelben und grünen Fischen und allerlei Seegras darauf. Sie zog die Mütze vom Kopf und das Haar, das sie darunter verborgen hatte, fiel ihr nun strähnig über die Schultern.

»Ich höre es ganz deutlich«, flüsterte sie.

Ich hatte mich aufgerichtet. »Es ist ein Flugzeug«, sagte ich. »Wir müssen uns zeigen! Wir müssen raus aus dieser Höhle!«

Mit den Füßen stieß ich einige Eisbrocken von der Öffnung und kroch über Simon und Paul hinweg ins Freie. Es war hell draußen und es hatte beinahe aufgehört zu schneien, aber der Himmel war grau und die Wolken hingen tief über dem Packeis. Ich blickte in die Richtung, aus der das Geräusch zu kommen schien, aber ich konnte nichts erkennen, außer einem Hügel von aufgetürmten Eisschollen. Das Motorengeräusch war nun so laut, dass es schien, als ob sich das Flugzeug nur wenige Meilen von uns entfernt befinden würde.

»Es fliegt hierher!«, rief Angie aus und sie stapfte durch den Tiefschnee davon auf den Eisschollenhügel zu. Ich lief ihr nach und wir erklommen den Hügel, und als wir oben ankamen, waren wir beide außer Atem geraten. Keuchend kauerten wir nieder, ungeschützt im Wind, und wir starrten ins Nichts hinaus und lauschten, aber außer dem Rauschen des Windes, seinem leisen Jammern und Heulen, konnten wir nichts mehr hören. Kein Motorengeräusch. Nichts.

Wir blickten uns an. Und ich weiß heute noch nicht, wie es geschehen konnte, dass wir uns plötzlich umarmten. Wir hielten uns aneinander fest, als wollten wir uns in diesem Leben nie mehr loslassen, aber nach einer Minute oder so und ohne dass wir ein Wort geredet hätten, lösten wir uns voneinander und Angie erhob sich.

»Es war ein Flugzeug«, sagte sie, drehte sich um und machte sich an den Abstieg.

Zurück in der Höhle, rüttelte sie Simon und Paul wach. »Vincent und ich, wir haben ein Flugzeug gehört! Man sucht nach uns und man wird uns finden, wenn es zu schneien aufhört.«

Simon blickte mich zweifelnd an.

»Hast du es auch gehört?«, fragte er.

»Ja. Wir sind auf den Hügel geklettert, aber wir konnten es trotzdem nicht sehen.«

»Für mich ist es zu spät«, sagte Paul so leise, dass wir ihn kaum verstehen konnten. »Wenn es zu schneien aufhört, bin ich erfroren.«

»Was sagt er?«, fragte Angie.

»Er sagt, dass er sterben will«, sagte Simon. »Er sagt, dass für ihn das Flugzeug zu spät kommt.«

Angie packte Paul bei den Schultern und schüttelte ihn. Ich glaube, sie wollte ihm etwas sagen, wollte ihm Mut einreden und den Willen zum Durchhalten, aber kein Wort kam über ihre Lippen. Stattdessen sah ich, wie plötzlich Tränen über ihre Wangen liefen, und sie beugte sich zu Paul hinunter und presste seinen Kopf gegen ihre Brust.

Simon begann zu beten.

»Jesus Christus, unser Leben ist in deiner Hand«, sagte er und hob die gefalteten Hände vor sein Gesicht. Ich faltete meine Hände ebenfalls und betete leise. Ich hatte keine Ahnung, ob es wirklich einen Himmel gab und falls es einen gab, ob uns dort oben irgendjemand hören wollte, aber schaden konnte ein Gebet bestimmt nicht.

9. Januar

Der vierte Tag
Einer bleibt zurück

Paul Kasgnoc, der Älteste und Erfahrenste von uns, wollte sich nicht mehr erheben und weitergehen. Er lag im Schnee und wir kauerten bei ihm und schützten ihn auf diese Art vor dem Wind und dem Schneestaub, der in Schleiern dicht über das Eis hinwegtrieb, so dass es manchmal aussah, als schwebten wir auf einer glatt gestrichenen Wolke.

Ich hatte schon den ganzen Morgen darauf gewartet, dass er einmal nach einem Sturz nicht mehr aufstehen würde. Seit wir von der Höhle aufgebrochen waren, hatten wir wahrscheinlich nicht mehr als eine oder zwei Meilen zurückgelegt, weil Paul mehrere Male zu Fall gekommen war und ich ihn schließlich zu tragen versuchte, was allerdings auch nicht lange klappte. Selbst Simon, der kräftiger war als ich, brachte es nicht fertig, mit Paul auf dem Rücken gegen den scharfen Wind voranzukommen. Er fiel zweimal hin, außer Atem und völlig entkräftet. Dann sagte er, dass er lieber selbst hier bleiben und sterben würde, als dass er sich zu Tode quälen wollte.

Angie wollte natürlich nicht aufgeben. Sie

brachte es immer wieder fertig, Pauls schwindende Lebensgeister zu wecken und ihn aufzurütteln. Mit letzten Kräften half sie ihm auf die Füße und stützte ihn Schritt für Schritt, zog ihn, wenn er nicht mehr wollte, zerrte an seinem Parka, während sie auf ihn einredete, als wäre er ein kleines Kind, das nicht an ihrer Hand gehen wollte.

Sie fielen beide hin und blieben im Schnee liegen, bis Angie wieder zu Atem kam und genug Kraft hatte sich zu erheben. Und jedes Mal stand auch Paul wieder auf, taumelte an ihrer Seite in den Wind, nur um nach wenigen Schritten erneut das Gleichgewicht zu verlieren. Schließlich wollte er nicht mehr und es nützte nichts, dass Angie ihn anschrie, während sie ihn gleichzeitig hochzerren wollte.

»Denk an deine Frau und an dein Kind, das noch nicht einmal geboren ist und schon keinen Vater mehr hat, wenn du aufgibst!«, stieß sie verzweifelt hervor, während sie ihn mit beiden Händen am Parka festhielt und schüttelte. »Steh auf! Es hat beinahe zu schneien aufgehört und bald werden uns die Suchflugzeuge entdecken!«

Paul hob den Kopf. Seine Blicke suchten mich.

»Vincent, sag ihr, dass sie mich in Frieden sterben lassen soll«, forderte er mich mit schwacher Stimme auf. Ich sagte es ihr.

»Er will sterben«, sagte ich. »Er ist bereit.«

Sie kauerte neben mir und ihr Kopf fuhr herum.

»Das kann nicht dein Ernst sein«, fauchte sie mich an. »Kein Mensch gibt einfach auf und stirbt! Solange er sich gegen den Tod wehrt, hat er eine Überlebenschance!«

»Er ist zu schwach um sich zu wehren«, antwortete ich ihr. »Seine Füße und seine Finger sind ihm abgefroren. Er hat vier Tage nichts gegessen und er kann nicht einmal mehr das Wasser halten, das du ihm zu trinken gibst.«

»Das heißt nicht, dass er sterben muss!«

»Er weiß, dass er sterben wird!«, gab ich zurück.

»Nein, das weiß er nicht. Siehst du, das ist es, was ich nicht verstehen kann; jeden Morgen und jeden Abend betet ihr, aber trotzdem glaubt ihr nicht an die Macht Gottes, der allein über Tod und Leben entscheidet. Wenn Gott will, wird er leben!« Sie beugte sich über Paul. »Du musst leben wollen, Paul Kasgnoc! Deine Frau und dein Kind warten zu Hause auf dich! Die Leute im Dorf warten auf deine Rückkehr. Ich lasse dich nicht einfach hier liegen und sterben!«

Paul holte tief Luft und wandte sich an Angie.

»Es ist gut«, presste er mühsam hervor. »Es ist gut, wenn ihr weitergeht und zurückkehrt, aber mein Weg ist hier zu Ende.«

Er sagte dies auf Englisch und das überraschte mich, denn ich hatte Paul kaum je ein Wort in dieser uns so fremden Sprache sprechen hören. Wenn ich jetzt darüber nachdenke, dann habe ich ihn überhaupt selten reden gehört, nicht einmal, wenn wir mit anderen Männern des Dorfes in unserem Kagri unter uns waren und jeder eine Geschichte erzählte oder von einem ganz persönlichen Erlebnis berichtete. Paul war ein schweigsamer Mann gewesen, ein Jäger, dem es nicht vergönnt gewesen war einen Eisbären zu erlegen. Ich bin sicher, dass er um sein Leben gekämpft hätte, wenn es Gott gewollt hätte. Aber in seinen Gebeten hatte er kein einziges Mal um sein Leben gefleht oder um Rettung. Für ihn war es kein großes Unglück, dass er an dieser Station seines Weges angelangt war. Ich hielt es für geradezu unfair, dass ihn Angie an seine Frau und sein Kind erinnerte. Etwas, was er in diesem Moment nicht brauchen konnte, war ein Gefühl der Schuld auf seinen Schultern, schwerer als ein voll gepackter Jagdsack. Ich konnte natürlich auch verstehen, dass Angie nicht aufgeben wollte und alles versuchte ihn noch einmal auf die Beine zu kriegen. Dies gelang ihr jedoch nicht und als sie einsah, dass Paul wirklich bereit war hier zurückzubleiben und sein Leben dem Allmächtigen zu übergeben, erhob sie sich und packte Simons Harpunenspeer. Wortlos begann sie mit der Stahlspitze auf eine Eisscholle einzuhacken, bis sie in mehrere Blöcke zersplitterte.

Simon und ich, wir halfen ihr einen Windschutz zu bauen. Das ist alles, was wir für unseren Freund und Gefährten Paul Kasgnoc tun konnten. Wir bauten ihm einen Windschutz, damit er noch einmal seine Pfeife rauchen konnte, und wir blieben bei ihm und wir rauchten die Pfeife mit ihm und auch Angie rauchte, so wie das bei uns üblich war, und als der Tabak in der Pfeife aufgeraucht war, beteten wir noch einmal zusammen, aber Paul war zu schwach um noch lange zu beten. Er hörte uns nur zu und in seinem zerfallenen Antlitz war kein Schatten und nichts. Er hörte zu und er wusste, dass es das letzte Gebet war, das wir mit ihm sprachen, aber das schien ihm nichts auszumachen. Nur Angie begann zu weinen. Das lag wahrscheinlich daran, dass sie ein anderer Mensch war und nicht von unserer Insel. Ich wünschte, ich hätte ihr erklären können, dass es nicht das Jüngste Gericht war, das unseren Freund und Gefährten Paul Kasgnoc erwartete, sondern ein neuer Abschnitt im Dasein eines Mannes, der an das ewige Leben glaubte.

Wir ließen ihn zurück und er gab uns seinen Tabakbeutel und seine Pfeife.

Was er sonst noch besaß, konnten wir nicht tragen. Ich überließ ihm ein Paar Wollhandschuhe, die ich in meinen Fäustlingen getragen hatte, und Simon gab ihm eine Wollmütze mit Ohrenklappen, die ihm seine Mutter gestrickt hatte.

Bevor wir ihn verließen, bat er mich ihm ein Amulett vom Hals zu nehmen, das er selbst aus einem Stück Walrosselfenbein geschnitzt hatte.

Ich dachte, er wollte es durch mich seiner jungen Frau übergeben lassen, aber er verlangte nach Angie, und als sie zu uns kam und niederkauerte, drückte er ihr das Amulett in die Hand, und obwohl er kein Wort sagte, war mir klar, dass es für sie bestimmt war.

Es fiel keinem von uns leicht, unseren Freund und Gefährten allein im Packeis zurückzulassen. Der Abschied war kurz. Wir gaben ihm nacheinander die Hand. Er saß halb aufgerichtet im Schnee, gegen den Windschutz gelehnt. Er wollte allein sein. Ich sah es ihm an. Er wartete auf die Geister und er hatte keine Angst. Als ich noch einmal zu ihm zurückblickte, hob er die rechte Hand, als wollte er mir zeigen, dass alles in Ordnung war. Und es war alles in Ordnung.

Unsere Gedanken waren bei ihm, aber wir redeten nicht mehr über Paul Kasgnoc, dessen Seele uns fortan auf Schritt und Tritt begleitete. Solange es hell war, marschierten wir in der Hoffnung, dass plötzlich vor uns, in der weißen Leere, Land auftauchen würde. Ich vermutete, dass wir in der Nacht an den Diomeden-Inseln vorbeigetrieben worden waren und uns dem sibirischen Ostkap näherten. Meine Berechnungen stellte ich nach Schätzungen der Windgeschwindigkeit und der Geschwindigkeit der Wasserströmung an und ich kann heute nicht mit absoluter Sicherheit sagen, wie nahe und auf welcher Seite wir an den Diomeden vorbeigetrieben worden waren, aber wenn es nicht geschneit hätte, hätten wir in der Nacht vielleicht die Lichter der russischen Garnison gesehen, die sich auf der größeren der beiden Inseln befand. Die große Diomeden-Insel gehört nämlich zu Russland, während die kleine als ein Teil von Alaska zu den USA gehört. Die Grenze zwischen den beiden Weltmächten führte genau zwischen den Inseln hindurch, in nord-südlicher Richtung. Ich war schon auf beiden Diomeden-Inseln gewesen, im Sommer, wenn viele von unserem Dorf in unseren großen Umiaks die Beringstraße überquerten um in Sibirien mit den dortigen Inuit Waren zu tauschen. Ich war auch schon in Sibirien gewesen, am Ostkap, zusammen mit meinem Vater und meinem Onkel Louis und deshalb konnte ich den Weg, den das Packeis mit uns zurücklegte, aus einem sicheren Gefühl heraus ungefähr bestimmen. Ich war sicher, dass wir an dem Tag, an dem wir Paul zurücklassen mussten, Sibirien ziemlich nahe gekommen waren und wenn sich die Wolken und der Schneenebel gelichtet hätten, wäre wahrscheinlich nur wenige Meilen von uns entfernt das Ostkap mit seinen hohen Klippen aufgetaucht, die über zweieinhalbtausend Fuß hoch aus dem Meer wuchsen.

Dass inzwischen die russische Garnison auf der großen Diomeden-Insel alarmiert worden war, bezweifelte ich. Aber selbst wenn das geschehen wäre, die dort stationierten Soldaten hätten bei diesem Wetter kaum nach uns Ausschau gehalten. Ich war auch ziemlich sicher, dass vom Festland aus keine russischen Suchflugzeuge ausgeschickt worden waren. Das machte mir jedoch nichts aus, denn ich wollte sowieso nicht unbedingt den Russen in die Hände fallen. Die russischen Garnisonssoldaten hatten im letzten Sommer eine Anzahl von Eskimos der kleinen Diomeden-Insel gefangen genommen, als diese ihren Verwandten auf der großen Diomeden-Insel einen Besuch abstatteten. Neunundfünfzig Tage lang waren Männer, Frauen und Kinder von den Sowjets festgehalten worden und es wäre beinahe zu einer militärischen Auseinandersetzung zwischen den beiden Weltmächten gekommen, vielleicht sogar zu einem neuen richtigen Krieg. Man muss sich das wirklich einmal vorstellen. Da gibt es irgendwo im Meer eine Grenzlinie, die kein Mensch mit bloßem Auge oder sonst wie sehen kann und Leute von der einen Seite können auf der anderen Seite dafür in Haft gesetzt werden, dass sie diese unsichtbare Linie überquert haben. Vater Thornton versuchte häufig uns über die Weltpolitik aufzuklären und uns solche Dinge wie, zum Beispiel, den Grenzverkehr zwischen zwei Ländern verständlich zu machen, aber ich glaube nicht, dass es ihm oft gelingt, und ich weiß, dass er darüber manchmal beinahe verzweifelt. Vater Thornton glaubt nämlich einerseits, weil das seine christliche

Pflicht ist, dass wir dem Untergang geweiht sind, wenn wir uns nicht von unserer Vergangenheit lösen und uns einer neuen Weltordnung ergeben, andererseits sieht er aber auch, wie glücklich und zufrieden wir bisher auf unserer kleinen Insel ohne die Vor- und Nachteile seiner Zivilisation gelebt haben. Dazu kann ich nicht viel sagen, außer vielleicht, dass ich ein bestimmtes Unbehagen verspürte, als ich daran dachte, dass uns vielleicht die Russen auf der großen Diomeden-Insel oder vom Ostkap her erspäht und womöglich gerettet hätten. Ich trug nämlich eine kleine Heiligenmedaille, den heiligen Christophorus, und ein kleines Kreuz mit einem winzigen Jesus dran um den Hals und außerdem hatte mir meine Mutter ein gesticktes Abzeichen der Sacred Heart Mission auf die linke Brustseite meines Parkas genäht, so dass es jeder auf Anhieb sehen konnte, wenn ich meinen weißen Tuchparka auszog. Die Russen hätten mich wahrscheinlich mit den modernsten ihrer zivilisierten Foltermethoden getötet, weil ich ein Christ war und dazu noch ein Amerikaner, wenn auch ein vollblütiger Inuit mit Verwandten auf der anderen Seite der Grenzlinie, auf der großen Diomeden-Insel nämlich und sogar in Sibirien.

Ich verriet weder Angie noch Simon etwas von meinen Befürchtungen, zumal es den ganzen Tag weiterschneite und wir hauptsächlich damit beschäftigt waren, gegen den Wind und die Kälte um unser Leben zu kämpfen. Auch wenn nun Paul nicht mehr bei uns war, kamen wir nur langsam voran. Das Packeis war so unübersichtlich und zerklüftet, dass wir uns den Weg regelrecht ertasten mussten. Wir überquerten riesige Druckwälle von zerschlagenen Eisschollen, krochen auf blankem Eis durch frisch zugefrorene Wasserrinnen und arbeiteten uns Schritt für Schritt durch windgefegte Eisfelder, in denen uns selbst an einem klaren Tag die Flieger kaum hätten entdecken können.

Solange es Tag war, hielten wir manchmal an um zu lauschen. Einmal glaubte ich ein Flugzeug zu hören, aber Angie und Simon hörten nichts und schließlich war ich sicher, dass ich mir das leise Dröhnen nur eingebildet hatte.

Kurze Zeit später jedoch verharrte Simon im Schritt.

»Da ist es!«, rief er aus und zeigte mit der Harpunenspitze über Angie und mich hinweg ins Nichts hinaus. »Jetzt höre ich es! Ja, es ist ein Flugzeug! Es ist ein Flugzeug, das nach uns sucht. Von dort her kommt es und es fliegt auf uns zu.«

Wir standen alle drei still und lauschten, aber Simon war der Einzige von uns, der das Flugzeug hören konnte.

»Tut mir Leid, Simon, ich höre nichts«, sagte ich zu ihm.

»Du musst es hören, Vincent!«, rief er beinahe flehend aus. »Du musst es hören. Es ist ganz nahe!« Er blickte Angie an und sie schüttelte den Kopf zum Zeichen, dass sie auch nichts hörte außer dem Wind, der hart über das Eisfeld hinwegfegte.

»Bald ist es dunkel«, sagte ich. »Wahrscheinlich suchen sie jetzt nicht mehr nach uns.«

»Morgen werden sie weitersuchen«, sagte Angie. »Morgen schneit es vielleicht nicht mehr.«

Simon ließ den Arm mit dem Harpunenspeer sinken. Er starrte uns mit seltsamen Augen an und ich fürchtete schon, dass er nun wirklich langsam den Verstand verlor. Ich ging zu ihm und packte ihn beim Arm.

»Mir ist es vorher auch so ergangen«, sagte ich. »Ich glaubte auch ein Flugzeug zu hören, Simon, wir müssen aufpassen, dass uns die Sinne keinen Streich spielen.«

Er lächelte schwach.

»Du glaubst es nicht, mein Freund, aber ich habe es so deutlich gehört, dass ich hätte schwören können.«

Wir gingen weiter, bis es dunkel wurde. Im Windschutz einiger Eisplatten ließen wir uns nieder. Wir aßen vom Robbenspeck, tranken von unserem Wasser und rauchten Pauls Pfeife. Viel Tabak war nicht mehr im Beutel.

Simon schlief.

Ich versuchte auch zu schlafen, aber es gelang mir nicht. Meine Gedanken waren bei unserem Freund und Gefährten Paul Kasgnoc. Ich konnte einfach nicht verstehen, dass er als Erster von uns zurückgeblieben war. Für mich war er immer ein Vorbild gewesen, schon vor vielen Jahren, als er selbst zum ersten Mal mit seinem neuen Kajak auf die Robbenjagd gegangen war. Manchmal hatte ich im Winter stundenlang dabei zugesehen, wie er aus Walrosselfenbein kleine Tiere geschnitzt hatte; Eisbären und Robben und Seeadler, aber auch Rentiere und menschliche Figuren in Kapuzenparkas und Mukluks. Er hatte mich häufig zum Fischen mitgenommen, als ich noch so klein gewesen war, dass andere mich übersahen, und an seiner Seite war ich zum ersten Mal auf die höchsten Felsklippen unserer Insel geklettert, auf der Suche nach Murre-Eiern, die von diesen Meervögeln auf dem blanken Eis gelegt und ausgebrütet werden. Mit ihm hatte ich jeden Fußbreit unserer Insel kennen gelernt. Paul hatte mir die Ruinen eines anderen Dorfes gezeigt, das die Leute vor vielen Jahren verlassen hatten, weil auf Ugiuvak kein Platz für zwei Dörfer war. Einige Leute waren aufs Festland gezogen, nach Nome, andere von ihnen waren zu ihren Verwandten auf die Diomeden-Inseln gegangen und man sagt, dass ein paar sogar bis nach Sibirien gezogen waren. So kam es, dass wir überall, wo wir hingingen, unter den Inuit Verwandte hatten, vor allem in Nome, wo das Leben nicht so hart war wie bei uns auf der Insel und niemand mehr an steilen Felsklippen herumklettern musste um Murre-Eier zu sammeln. Die Eier in Nome kamen von Hühnern und wurden von weit her eingeflogen, vielleicht sogar von Kansas, wo der meiste Weizen wuchs, mit dem einige von uns, die in Nome lebten und über einen Herd mit Backofen verfügten, Brot buken.

Bei uns auf Ugiuvak war alles noch beinahe so, wie es immer gewesen war. Mit den meisten Dingen, die wir zum Leben brauchten, versorgte uns das Meer. Auf der Insel gab es kein Wild und es wuchs nichts, außer ein bisschen Gras, oben, auf der steinigen Ebene, zwischen den beiden Bergen an diesem und an jenem Ende von Ugiuvak. Und im Frühling blühten dort oben die Quiktat und verwandelten die Grasflecken in Blumenteppiche. Die Frauen und Mädchen hängten sich ihre Kräuterbeutel um und kletterten die steilen Hänge hinauf zu den Grasflecken um die Quiktat zu sammeln und sie mussten sich beeilen, denn die Blütezeit war schon in zwei Wochen vorbei. Tag für Tag verließen meine Mutter und meine Schwestern zusammen mit den anderen Frauen und Mädchen das Dorf um ihre Beutel zu füllen, denn es war wichtig, dass jede Familie einen großen Vorrat an Quiktat-Blüten besaß, die in Wasser eingelegt wurden, bis sie sauer wurden und fermentierten. Im Winter wurden die Blüten dann zu einem feinen Pulver zerrieben und mit Rentierfett und Tran von Robben und Walrössern vermischt.

Ich dachte an all diese Dinge, während ich mich im Schnee zusammengerollt hatte und zu schlafen versuchte. Ich dachte an alles, an meine frühesten Erlebnisse und an Menschen, die ich einmal gekannt hatte und die längst tot waren, und meine Gedanken kehrten immer wieder zu Paul Kasgnoc zurück und ich erinnerte mich an Dinge, an die ich bis heute nicht mehr gedacht hatte.

Pauls Mukluks hingen nun still im Kagri. Die Leute im Dorf wussten, dass er gestorben war. Die Leute im Dorf gingen zur Kirche hoch um mit Vater Thornton für ihn zu beten. Und Vater Thornton würde ihnen sagen, dass Paul Kasgnoc ein kurzes, aber gutes Leben gelebt hatte und dass er in uns allen weiterlebte, solange wir ihn nicht vergaßen. Und er würde ihnen sagen, dass für einen Mann wie Paul Kasgnoc ein besonderer Platz im Himmel war und dass wir ihn dort alle einmal wieder sehen würden.

Darauf verlassen konnten wir uns natürlich nicht. Kein Mensch konnte sicher sein, dass alles so war, wie es Vater Thornton uns versprach. Wir waren zwar Christen, aber es gab auch noch ein paar alte Leute unter uns, die uns hin und wieder ermahnten, unseren alten Glauben und die alten Bräuche nicht zu vergessen. Besonders wenn ein Unglück passierte oder in einem strengen Winter wie diesem, wenn es im Dorf nicht mehr genug zu essen gab, erhoben sie ihre warnenden Stimmen und manche von uns, auch wenn wir es nicht wollten, gerieten dann ins Grübeln und manchmal auch ins Wanken. Wir wussten alle, was früher geschehen war, wenn wir die Geister erzürnt hatten. Viele unserer Vorfahren waren den Hungertod gestorben, weil es uns nicht rechtzeitig gelungen war, die Geister durch entsprechende Rituale zu besänftigen.

Warum sollte das jetzt, nachdem wir Christen geworden waren, anders sein? Wer war mächtiger? Der Gott, von dem uns Vater Thornton berichtete, oder Sedna, unsere Mutter der Meerestiere? Solange alles gut ging, war es leicht, den Worten von Vater Thornton zu glauben. Aber in diesem Winter herrschte unter uns Hunger, weil sogar der verlässliche Kutter im Eis stecken geblieben war. Die Alten erinnerten uns aufs Neue an Sedna, unsere Göttin, die in einer Welt in der Tiefe des Meeres lebt. Ihr gehören die Robben, die Fische, die Wale und Walrosse und auch die Seevögel. Unsere Alten sagen, dass die Seele eines Verstorbenen drei Tage herumirrt, bevor sie am vierten Tag Einlass in das Unterwasserreich von Sedna findet. Ich machte mir Sorgen um Pauls Seele. Würde sie, wie es Vater Thornton versprach, ins Himmelreich einziehen, oder irrte sie nun als ruheloser Geist umher, verwirrt und verängstigt, weil es zwei Wege gab, die in zwei entgegengesetzte Richtungen führten?

»Lieber Gott, ich glaube an dich«, flüsterte ich in meinen Parka hinein. »Bitte zeig meinem Freund und Gefährten Paul Kasgnoc den richtigen Weg, bevor seine Seele in die Hände der bösen Geister fällt. Amen.«

Ich schrak zusammen, als sich Angie neben mir rührte. »Bist du wach?«, flüsterte sie.

»Ja.«

»Simon schläft.«

»Ich kann nicht einschlafen.«

»Ich auch nicht. Aber ich dachte, dass du schläfst.«

»Nein.«

»Woran denkst du?«

»An zu Hause. An Ugiuvak und an die Leute dort.«

Sie schwieg. Bestimmt hatte sie auch an ihr Zuhause gedacht. An Kansas. Die Getreidefelder. Ihr Zuhause war die Kornkammer der Welt. Ich hatte Bilder gesehen. Ein gelbes Meer unter einem wolkenlosen Himmel. Kein Wasser. Kein Eis, außer in einem Schrank, den die Leute dort Gefrierschrank nennen. Es gab einen mächtigen Fluss dort, den Missouri River, und er war voll mit Fischen. Aber die Leute dort aßen keine Fische. Die Leute aßen Fleisch von Rindern und Gemüse aus ihren Gärten. Und es gab alles in Läden zu kaufen und wer auf die Jagd ging, der tat es aus Spaß an der Sache und nicht aus Notwendigkeit.

Ich spürte, wie sie sich umdrehte. Sie lag hinter mir und nun in der gleichen Richtung. Ihre Knie drückten gegen meine Kniekehlen. Ihr rechter Arm lag angewinkelt über mir, so dass ich ihre Hand mit den Fäustlingen aus Robbenfell direkt vor dem Gesicht hatte. Ich lag still.

»Woran denkst du jetzt?« Ihre Stimme drang durch die Kapuze meines Parkas, obwohl sie die Worte flüsterte.

»Der Kutter«, sagte ich.

»Der Kutter?«

»Wenn es nicht so früh Eis gegeben hätte, wärst du jetzt zu Hause bei deiner Familie.«

»Stimmt«, antwortete sie. Mehr nicht. Ich wartete darauf, dass sie mir etwas über ihre Familie erzählen würde. Ob sie Geschwister hatte und von ihrem Vater und von ihrer Mutter. In der Schule hatte sie uns von Kansas erzählt. Von der Eisenbahn, die jede Nacht in der Ferne hinter den Bäumen am Fluss vorbeifuhr, so dass sie vom Fenster ihres Zimmers aus nur den Rauch sehen und das lang gezogene Heulen des Signalhorns hören konnte. Weiß wie ein Band von Schönwetterwolken hob sich der Rauch der Lok hinter den schwarzen Bäumen, weiß vor dem leuchtend blauen Sternenmeer des Himmels. Die Eisfelder, die wir während der letzten Tage und Nächte durchquert hatten, waren dort, wo Angie herkam, aus purem Gold, wenn der Weizen reif war und sich sanft im Wind bewegte. So weit das Auge reichte ein Meer, in dem es kein Wasser gab, bis hin zu den Hügeln, die sich Wichita Mountains nannten und die aus der Ferne aussahen, als wären sie das Ufer dieses goldenen Meeres. Davon hatte sie erzählt; nicht aber von ihrer Familie und warum sie hierher gekommen war, allein wie ein Kind, das sich zu weit von zu Hause entfernt hatte und den Weg zurück nicht mehr fand.

Ich wartete vergeblich darauf, dass sie mir etwas über ihre Familie sagen würde, und während mich meine Gedanken dorthin trugen, wo sie zu Hause war, schlief ich ein.

Der Schuss riss mich aus dem Schlaf. Ich fuhr hoch, so schnell es meine starren Glieder zuließen. Neben mir richtete sich Angie auf. Beizender Pulverrauch zog als bläulicher Schleier über unser Lager hinweg. Im Zwielicht des Morgengrauens sah ich in einiger Entfernung Simon im Schnee knien. Er hatte das Gewehr bei sich. Es schneite nicht und Simons Gestalt hob sich ganz deutlich von den Eisklippen ab, die auf der anderen Seite eines zerklüfteten Grabens steil aufragten. Simon hatte uns den Rücken zugewandt. Er war dabei, sich aus dem tiefen Schnee, in den er bis zur Hälfte eingesunken war, zu erheben. Er hatte seinen Jagdsack nicht auf dem Rücken. Dieser lag neben seinen Schneeschuhen, dort, wo er geschlafen hatte.

Simon stapfte durch den Tiefschnee davon. Ich hatte keine Ahnung, worauf er geschossen hatte. Ich konnte nichts anderes sehen als die Eisklippen und Simon, der auf sie zuging.

»Simon!«, rief ich, während ich aufstand. »Simon, warte!«

Meine Stimme holte ihn ein und er blieb tatsächlich stehen.

»Mach schnell!«, rief er mir zu, während er über seine Schulter zurückblickte. »Ich habe einen Eisbären geschossen!«

Ich half Angie auf die Beine und zusammen liefen wir in Simons Spur bis dorthin, wo er uns erwartete. Er trug seine Brille. Hauchdünne Eisblumen bedeckten die runden Gläser. Er zeigte mit dem Lauf des Gewehres in die Richtung des Grabens, wo die großen Eisschollen aus dem Schnee ragten.

»Worauf hat er geschossen?«, fragte mich Angie.

»Er hat einen Eisbären geschossen. Komm!«

Wir stapften, so schnell es ging, durch den Schnee und den zerklüfteten Graben und ich rutschte aus und schlug mit dem Knie so hart auf, dass ich kaum mehr gehen konnte. Auf der anderen Seite des Grabens erklommen wir zunächst eine steile Böschung und dann sahen wir die Spuren im Schnee, mächtige runde Abdrücke eines Bären, und ich bat Simon mir das Gewehr zu reichen.

Ich spürte, wie mein Herz schneller zu klopfen begann. Plötzlich war die Kälte aus meinen Gliedern gewichen und die Müdigkeit war wie weggeblasen. Ich duckte mich und bedeutete Simon und Angie hinter mir zu bleiben. Dann begann ich der Spur langsam zu folgen, vorsichtig in die Stapfen des Bären tretend und bereit jeden Moment das Gewehr an die Schulter zu heben und einen gezielten Schuss abzufeuern.

Dieses Mal war es nicht das Jagdfieber, das mich beherrschte. Dieses Mal war es nichts anderes als der Selbsterhaltungstrieb, der meine Lebensgeister weckte und gleichzeitig meine Sinne aufs Höchste alarmierte. Ich konnte den Bären zwar nicht sehen, aber ich spürte seine Nähe und die Gefahr, die von ihm ausging. Es konnte sein, dass Simon den Bären mit einem Schuss getötet hatte und dass er zwischen den mächtigen Eisschollen im Schnee lag, aber es war auch möglich, dass ihn die Kugel nur verletzt hatte und ein verletzter Eisbär konnte sich in ein wahres Ungeheuer verwandeln, das in seiner Zerstörungswut oft selbst durch einen Schuss ins Herz nicht aufzuhalten war.

Ich war bereit einem solchen Ungeheuer zu begegnen. Der Bär konnte unsere Rettung sein. Durch sein Fleisch und sein Fell vermochten wir uns ein paar Tage länger am Leben zu erhalten. Sein Geist würde uns neue Kraft geben, weiterzugehen.

Simon keuchte hinter mir her, gefolgt von Angie. Sie wussten beide, wie wichtig der Bär für uns war. Ich hörte, wie Simon hinfiel. Ich ging weiter und überließ es Angie, ihm auf die Füße zu helfen. Langsam näherte ich mich den Eisschollen, den Finger am Drücker des Gewehres. Ich hatte den Fäustling ausgezogen und mein Finger klebte am kalten Stahl des Drückers, aber ich merkte es nicht.

Die Fährte des Bären führte an einer mächtigen Eisscholle vorbei auf eine tiefe Eisrinne zu. Ich näherte mich dieser Rinne und duckte mich dabei noch tiefer.

Als ich die Rinne erreichte, blieb ich stehen. Ich hatte so sehr damit gerechnet, mit dem nächsten Schritt den Bären vor mir zu haben, dass ich nun vor Enttäuschung auf die Knie fiel, als ich die Fährte sah, die in der tiefen Eisrinne durch die Klippen führte und hinter diesen verschwand.

Ich lag noch auf den Knien, als Angie und Simon herankeuchten. Angie fiel neben mir auf die Knie. Simon blieb am Rand der Rinne stehen und starrte auf die Fährte hinunter. Kein Bär. Nicht einmal Blut im Schnee. Nichts außer einer Linie von tiefen Abdrücken.

Ich sicherte das Jagdgewehr, hängte es mir über den Rücken und zog den Fäustling an. Ein Stück der Haut meines Fingers blieb am Drücker hängen, ohne dass ich den Schmerz spürte.

10. Januar

Der fünfte Tag
Ein durchsichtiger Eisbär

Den ganzen Tag hindurch folgten wir der Fährte des Eisbären, ohne dass wir ihn einmal zu Gesicht bekamen. Als es dunkel wurde, gaben wir erschöpft und enttäuscht auf. Wieder einmal endete die Spur am Rand einer Eisscholle, von der sich der Bär ins Wasser begeben hatte. Im Halbdunkel spähten wir auf den anderen Eisschollen nach einer Fortsetzung der Fährte, konnten aber keine entdecken.

Angie war am Ende ihrer Kräfte. Sie ließ sich einfach in den Schnee fallen. Ich kauerte bei ihr nieder. Nur Simon blieb stehen. Auf seinem Gesicht glitzerte Eis. Er starrte in die Ferne.

»Vielleicht habe ich ihn nur deshalb nicht getroffen, weil er gar kein richtiger Bär ist«, sagte er nachdenklich.

Ich gab ihm darauf keine Antwort. Natürlich war der Bär ein richtiger Bär. Ein Geistertier aus der Tiefe des Meeres hinterlässt normalerweise keine Tatzenspuren. »Es kann gut sein, dass der Bär ein Geist ist«, fuhr Simon fort.

»Und die Spuren?«, sagte ich nun. »Was ist mit den Spuren, Simon?«

Simon blickte mich an.

»Ich hätte ihn getroffen«, sagte er unbeirrt.

»Du hast ihn nicht getroffen, weil deine Brillengläser vereist waren.«

Daraufhin schwieg Simon. Sein Gewissen plagte ihn, weil er gegen alle guten Jagdregeln verstoßen hatte. Kein Jäger vergreift sich an der Waffe eines anderen und beginnt ohne die gebührenden Vorbereitungen auf ein Tier zu schießen. Ich machte ihm keine Vorwürfe. Die Not, in der wir uns befanden, gab uns andere Regeln und Gesetze als die, die man uns beigebracht hatte und die uns von jeher vertraut waren. Aber vielleicht hätte er doch nicht mit meinem Gewehr, das mir mein Vater anvertraut hatte, auf den Bären schießen sollen. Ein solches Vergehen konnte sich später rächen.

Simon begann damit, aus Eisstücken und Schnee einen Windschutz zu bauen. Angie richtete sich auf.

»Ich glaube, ich kann dort oben einen Stern sehen«, sagte sie und zeigte zum wolkenverhangenen Himmel hoch. Dort oben, hoch über uns, blinkte tatsächlich ein Licht, bei dem es sich nur um einen Stern handeln konnte.

Später, nachdem wir den Windschutz gebaut und von unserem Proviant gegessen hatten, entdeckten wir immer mehr Sterne. Die Wolken schienen sich zu lichten. Der Wind hatte gedreht. Er kam jetzt von Norden her und unser Windfang vermochte uns nicht mehr zu schützen. Nachdem wir uns ausgeruht hatten, brachen wir auf und gingen weiter. Es war die erste Nacht, die uns nicht wie eine schwarze Decke umgab. Im schwachen Licht der Sterne vermochten wir uns einen Weg durch das zerklüftete Eis zu suchen. Ich ging Angie und Simon voran. Obwohl der Wind nun von der Seite kam, hatte ich oft Mühe, mein Gleichgewicht zu wahren. Mein ganzer Körper schmerzte und am liebsten hätte ich mich hingelegt und wäre gestorben.

Aber ich war sicher, dass Angie mich daran gehindert hätte.

Mühsam schleppten wir uns durch die lange kalte Nacht. Ab und zu, wenn einer von uns nicht mehr weiterkonnte, ließen wir uns alle drei nieder, aßen von unserem Robbenspeck und tranken von dem Wasser, das wir in den Beuteln auf der Brust trugen. Trotz der Kälte und den schmerzenden Gliedern hätten wir sofort einschlafen können, aber wir wussten, dass wahrscheinlich keiner von uns wieder aufgewacht wäre. Es war die kälteste Nacht, seit wir uns im Packeis befanden. Ich schätzte, dass die Temperatur auf über fünfzig Grad unter null sank. Wir mussten uns bewegen. Wir mussten weitergehen, wenn wir auch zu müde waren uns zu erheben. Wir halfen uns gegenseitig auf die Füße, hielten uns aneinander fest, bis wir ohne Hilfe des anderen stehen konnten, und machten uns wieder auf den Marsch.

Am Morgen hofften wir auf einen klaren Tag, aber als es hell wurde, war der Himmel grau und wir konnten nicht weiter sehen als bis zu den nächsten Eisschollen, die sich vor uns wie unüberwindbare Barrieren auftürmten.

Wir beteten im Morgengrauen. Angie nahm ihr Notizbuch hervor. Es fiel ihr aus den steif gefrorenen Fingern in den Schnee.

Ich bemerkte, wie sie zögerte danach zu greifen, aber schließlich überwand sie die Schmerzen und sie nahm den Bleistift hervor und schrieb einige Worte in das Notizbuch, bevor sie es in ihrem Parka verschwinden ließ.

Simon blickte von seinem Gebet auf.

»Ich würde gern wissen, was du in dein Notizbuch schreibst«, sagte er.

Angie sah ihn an. »Es ist ein Tagebuch, Simon«, erklärte sie ihm. Dann drehte sie sich mir zu. »Und du? Bist du nicht auch neugierig?«

»Es ist dein Tagebuch«, sagte ich. Ich stand auf und wartete, bis Simon und Angie bereit waren weiterzugehen.

Später hörten wir ein Flugzeug. Wir hörten es alle, aber jetzt waren wir nicht mehr sicher, ob uns die Sinne nicht einen Streich spielten. Wir hörten es und wussten nicht, ob wir es tatsächlich hörten. Simon fiel auf die Knie und streckte flehend seine schmerzenden Hände zum Himmel auf. Ich ging zu ihm und packte ihn beim Arm.

»Steh auf, Simon!«

»Warum fliegt es nicht tiefer?«, stieß er hervor.

»Steh auf, Simon!« Ich zog ihn auf die Beine und wir gingen weiter und während wir weitergingen, hielten wir nach dem Flugzeug Ausschau, das über uns und um uns in den Wolken herumflog, falls es tatsächlich ein Flugzeug war und nicht nur eine Halluzination.

Nach einer Weile entfernte sich das Geräusch und es wurde wieder totenstill. Wir blieben stehen und lauschten. Nichts. Wir krochen in eine Eishöhle, die so klein war, dass wir darin kaum Platz fanden. Ich holte Pauls Pfeife und seinen Tabakbeutel hervor und wir rauchten in der Stille und in der vermeintlichen Wärme der Höhle. Simon bat mich ihm die Fäustlinge abzunehmen, damit er seine Finger sehen konnte. Er hatte furchtbare Schmerzen. Seine Hände waren eiskalt, seine Finger fast alle erfroren. Wir rieben ihm die Hände mit Schnee ein.

Der Bär brüllte zu uns herunter, nachdem er sich über dem Körper Angies aufgerichtet hatte. Er brüllte zu uns herunter und riss uns aus dem tiefen Schlaf, aus dem es kein Erwachen mehr gegeben hätte. Dort oben stand er, auf einem Hügel von blutigen Eisschollen, der fast ein Berg war. Er hatte die Pranken erhoben und von seinem aufgerissenen Maul lief Blut in sein Fell. Unter ihm lag Angie im Schnee, nackt und weiß, weißer noch als das Fell des Bären und der Schnee über den Eisschollen.

»Töte ihn!«, hörte ich eine flehende Stimme. Ich ergriff das Gewehr meines Vaters und hob es an die Schulter. Als ich jedoch den Zeigefinger um den Abzug legen und abdrücken wollte, merkte ich, dass ich keinen mehr hatte. Keinen Zeigefinger. Dieser lag nämlich vor mir im Schnee, genauso weiß wie der Bär, der Schnee, Angies nackter Körper. Der Anblick meines eigenen Fingers lähmte mich. Das Gewehr entfiel mir. Meine Hände zersplitterten vor meinen Augen, als wären sie aus dünnem Glas. Meine Arme zersplitterten. Ich wollte aufspringen, aber meine Füße zersplitterten. Ich schrie vor Entsetzen und Angst. Ich schrie und meine Stimme zersplitterte. Da stürzte Simon an mir vorbei. Er hielt mit beiden Händen seinen Harpunenspeer fest, die Stahlspitze nach vorne gerichtet. Er rannte durch den Schnee und den Hügel hinauf.

Der Bär brüllte ihm mit aufgerissenem Maul entgegen. Sein Atem war eine blutige Wolke. Sein Atem umhüllte Simon. Simon stürzte auf den Bären zu, den Harpunenspeer zum Stoß bereit. Der Bär schlug mit seinen gewaltigen Pranken nach ihm, aber Simon rammte ihm den Speer in den Leib und das Gebrüll des Bären verwandelte sich in ein furchtbares Geheul und der Bär auf dem Hügel zersplitterte genauso, wie meine Hände zersplittert waren und ein Regen von Glas prasselte auf den Hügel nieder und bedeckte Angie und Simon mit einer dunkelnden Decke aus gläsernen Sternen.

Und da erwachte ich wirklich. Vorhin, als ich erwacht war, geschah das im Traum. Aber jetzt erwachte ich wirklich und jeder weiß, wie es ist, wenn man erwacht und im ersten Moment nicht sicher ist, ob man wach ist oder ob man noch schläft und alles nur träumt.

Es war Angie, die mich rüttelte und schüttelte, bis ich wusste, dass ich wach war und über zwei Hände verfügte, an denen die Zeigefinger wahrscheinlich noch dran waren. Ich spürte sie nicht wirklich, aber die Schmerzen waren da und zogen mir klumpig von den Fingerspitzen her durch die Hände und Arme zu den Schultern hoch. Ich wagte es kaum, mich zu bewegen, und am liebsten hätte ich die Augen wieder zugemacht, aber Angie zerrte mich hoch und flüsterte in höchster Erregung, dass sie draußen vor der Höhle den Eisbären gesehen hatte.

Ich wollte ihr sagen, dass sie vielleicht nur geträumt hatte, aber noch bevor ich dazu kam, vernahm ich ein Geräusch, das mich sofort hellwach werden ließ.

Von draußen drang ein röchelndes Brummen in unsere kleine Höhle, das aus der Schnauze eines Eisbären kommen konnte. Ich hatte zwar noch nie einen Eisbären röchelnd brummen hören, aber ich wusste, dass es kein Mensch sein konnte, kein Seehund und kein Walross, also musste es der Bär sein.

Mit beiden Händen ergriff ich das Gewehr meines Vaters. Neben mir lag Simon zusammengerollt auf dem Eis und schlief. Ich stieß ihn mit dem Kolben des Gewehres an. Er wachte nicht auf.

»Weck ihn auf, wenn ich draußen bin«, sagte ich zu Angie. »Ich werde versuchen den Bären zu erlegen.«

»Ich habe ihn gesehen. Es ist ein riesiger Bär und kein Geist«, sagte Angie.

Ich kroch aus der kleinen Höhle.

Es war noch Tag und ziemlich hell. Es war heller als am Tag zuvor. Mir schien, als ob sich die Wolken gelichtet hätten.

Vor der Höhle richtete ich mich auf den Knien auf und schaute mich nach dem Bären um. Ich konnte ihn nirgendwo sehen.

Ich stand auf. Aus der Höhle drang Angies Stimme, die Simon aufzuwecken versuchte.

Ich entfernte mich langsam von der Höhle und blieb nach wenigen Schritten stehen. Kein Geräusch war zu hören. Nur ein schwacher Wind wehte, ein eiskalter Wind, in dem mein Atemhauch gefror. Ich durchquerte einen Graben und ein zerklüftetes Eisfeld, immer wieder anhaltend und mich sichernd umblickend. Vor mir türmten sich mächtige Eisschollen auf, zwischen denen sich auch ein großer Bär gut hätte verstecken können. Ich suchte den Schnee nach Spuren ab. Nichts. Langsam ging ich weiter, das Jagdgewehr schussbereit in den Händen, mit meinem wunden Zeigefinger am kalten Stahl des Drückers.

Ich wollte mich nicht so weit von der Höhle entfernen, dass ich sie nicht mehr sehen konnte. Ich blickte mich um, aber ich hatte ohne es zu merken bereits ein Eisschollenband zwischen mich und die Höhle gebracht, das mir den Blick versperrte. Ich spürte die Angst, die in meinem Inneren zu wühlen begann, als hätte sich der Mut eines Jägers in meinen Eingeweiden versteckt. Die Angst war im Traum entstanden, aus dem ich vor wenigen Minuten aufgewacht war. Ich zwang mich zur Ruhe. Ich versuchte gleichmäßig und tief zu atmen. Mein Instinkt warnte mich davor, weiterzugehen. Unschlüssig stand ich im Schnee, umgeben von zerklüfteten Eishügeln.

Ich fuhr herum, als ich aus den Augenwinkeln eine Bewegung erspähte. Fast hätte ich Simon erschossen, der über dem Eisschollenband auftauchte. Hinter ihm Angie. Er hielt sie an der Hand, aber sie stürzte trotzdem. Ich rief ihnen zu zur Höhle zurückzugehen. Da blieben sie stehen.

»Hast du ihn gesehen?«, rief Simon.

»Nein. Geh mit Angie zur Höhle. Es ist besser, wenn ich allein nach ihm . . .«

Ich kam nicht dazu, den Satz zu Ende zu sprechen, denn ich sah, wie sich plötzlich Simons Augen hinter seinen runden Brillengläsern weiteten. Bevor er noch dazu kam, mich zu warnen, fuhr ich herum. Und da stand er, auf seinen Hinterbeinen aufgerichtet, wie ich ihn im Traum gesehen hatte, nur mächtiger noch, sein Fell glänzend wie das Elfenbein einer von Paul Kasgnoc geschnitzten und polierten Figur. Sein Maul war aufgerissen und er schwang den riesigen Kopf hin und her, so dass ihm der Speichel von den schwarzen Lefzen flog. Ich starrte ihn einige Sekunden lang an, unfähig den Finger am Drücker zu krümmen. Er brüllte mich an, eine stinkende Atemwolke ausstoßend, die mir der Wind entgegentrieb.

»Schieß doch!«, hörte ich Angie rufen. »Schieß doch, Vincent!«

Jetzt drückte ich ab. Der Rückschlag traf mich so hart, dass ich rückwärts taumelte und stürzte, während das Gewehr meinen kalten Händen entfiel. Auf dem Rücken rutschte ich in eine schmale Rinne hinein. Sofort sprang ich auf. Das Gewehr meines Vaters lag mehrere Schritte entfernt im Schnee. Der Bär schüttelte sich brüllend und ließ sich schwer auf alle viere nieder.

Ich glaubte, er würde mich im nächsten Moment angreifen, und stürzte mich auf das Gewehr. Mit beiden Händen packte ich es und hob es an die Schulter, aber der Bär hatte mir seine Kehrseite zugedreht und trottete brummend davon. Bevor ich noch einmal abdrücken konnte, war er hinter mächtigen Eisschollen verschwunden. Nur sein Geruch, der Geruch von fauligem Fisch und Tran, blieb zurück und hing noch eine Weile in der eisigen Luft.

Langsam richtete ich mich auf. Angie und Simon keuchten heran.

»Siehst du, ich habe es dir gesagt«, stieß Simon hervor, als er außer Atem bei mir anlangte. »Du hast ihn auch nicht getroffen, weil er nämlich gar kein richtiger Bär ist.«

»Wir werden sehen«, gab ich ihm zur Antwort. Zusammen gingen wir zu der Stelle, wo der Bär über den Eisschollen aufgetaucht war, und suchten nach Blutspuren. Ich war sicher, dass ich diese riesige Kreatur aus einer Distanz von weniger als zwanzig Schritten mit meinem Schuss nicht verfehlt hatte, aber wir konnten nirgendwo auch nur einen winzigen Blutstropfen entdecken. Nachdem wir eine Weile gesucht hatten, richtete sich Angie auf.

»Es scheint, dass du ihn tatsächlich nicht getroffen hast«, sagte sie.

»Wenn ich ihn nicht getroffen habe, dann handelt es sich bei diesem Tier um einen durchsichtigen Eisbären«, fuhr ich sie an, drehte mich um und stapfte den Spuren nach, die der Bär zurückgelassen hatte.

Simon und Angie folgten mir in einigem Abstand.

Die Fährte führte in einer schmalen Kluft durch den Eisschollenhügel. Auf der anderen Seite breitete sich ein von tiefen Rissen und Furchen durchbrochenes Eisfeld aus, das aussah, als wäre es mit mächtigen Pflugscharen durchgeackert worden. Die Spur des Bären führte in das

Feld hinaus, aber ich konnte ihn nirgendwo erspähen. Ohne auf Angie und Simon zu warten marschierte ich in der Fährte des Bären weiter, meinen Blick die ganze Zeit fest auf die Spur geheftet. Ich wollte einfach nicht wahrhaben, dass ich den Bären nicht getroffen hatte, und obwohl mein ganzer Körper schmerzte, meine Kräfte immer mehr nachließen, gab ich die Jagd nicht auf.

Ich hörte Angie nach mir rufen, aber ich ließ mich nicht aufhalten. Und schließlich, als mich meine Füße kaum mehr tragen konnten, fiel mein Blick auf einen dunklen Fleck in der Fährte und ich ließ mich auf die Knie nieder und starrte auf ein kleines Loch im Schnee, das nur durch einen armen Blutstropfen entstanden sein konnte. Jetzt blickte ich mich nach Angie und Simon um.

»Der Bär ist ein Bär!«, rief ich ihnen zu. »Hier ist der Beweis, dass ich ihn getroffen habe!«

Sie begannen beide zu laufen. Angie kam zuerst bei mir an, und als Simon bei mir war, beschlossen wir unsere Sachen zu holen und der Blutfährte zu folgen. Simon war zu müde um zur Höhle zurückzugehen, in der sich unsere Schneeschuhe und die Jagdsäcke befanden, aber Angie und ich machten uns sofort auf den Weg. Der Tag neigte sich dem Ende zu, als wir die Höhle erreichten. Wir ließen uns nieder um einige Minuten auszuruhen.

»Ich bin froh, dass der Bär kein durchsichtiger Bär ist«, sagte Angie plötzlich.

Ich war dabei, mit dem Messer ein Stück Robbenspeck zu zerkleinern. Es gelang mir kaum, mit meinen gefühllosen Fingern den Messergriff festzuhalten.

11. Januar

Der sechste Tag
Wintersonne

In der Nacht wurde es klar. Die Blutspur war im Licht der Sterne deutlich zu sehen. Sie führte durch tiefe Gräben und über Felder von Eis und Schnee. Es wehte nun kein Wind mehr. Wir gingen durch eine Welt, in der sich außer uns nichts anderes bewegte. Nur der Himmel flimmerte und flackerte, sich in ein wogendes Meer von Sternen verwandelnd, das sich hoch im Norden wie fallendes Wasser über das Eis ergoss, eingehüllt in funkelnd leuchtende Sprühnebel.

In meinen Fußstapfen verharrend, starrte ich wie benommen in die wallenden Lichtschleier, die sich mit allen Farben des Regenbogens auf den blanken Eisrändern spiegelten. Nie zuvor hatte ich die Kiguruyat-Geister farbenprächtigere Gewänder tragen sehen wie in dieser klaren Nacht. Ich wandte mich schnell ab und bemerkte, dass Simon seine Augen mit der ausgestreckten Hand schützte, während Angie das wundersame Schauspiel bestaunte.

»Schau nicht hin!«, rief ich ihr warnend zu. »Wende dich ab, wie wir es tun, damit dir nichts geschieht!«

Sie reagierte nicht auf meinen Ruf. Ich konnte

ihre Augen sehen, in denen sich die bunten Lichter spiegelten, und ich erkannte, dass die Geister sie in ihre Gewalt gebracht hatten. Ich sprang zu ihr und packte sie und riss sie herum. Wir verloren beide das Gleichgewicht und fielen in den Schnee.

Rittlings kniete ich über ihr und hielt sie an beiden Armen fest, so dass sie sich nicht aufrichten konnte. Mein Schatten lag auf ihr und schützte sie vor den Kiguruyat-Geistern wie ein Schild.

»Hast du nicht gehört?«, stieß ich schnaufend hervor. »Hast du nicht gehört, dass du nicht hinsehen sollst!«

Sie lag still unter mir, aber ich sah ihren Augen an, dass sie sich wehren wollte. Sie hatte nur nicht mehr die Kraft dazu.

»Es sind Nordlichter!«, keuchte sie. »Die Aurora Borealis! Mr Ross hat uns dieses Phänomen in der Schule erklärt. Was ist nur mit dir los, Vincent Mayac, dass du das schon wieder vergessen hast?«

Ich schüttelte den Kopf.

»Ich habe es nicht vergessen«, gab ich zurück.

»Und warum benimmst du dich dann wie ein Narr?«

»Weil es nicht wahr zu sein braucht, was Mr Ross erklärt hat.«

»Das Nordlicht ist etwas, was naturwissenschaftlich zu erklären ist, Vincent. Es hat nicht das Geringste mit euren zähneknirschenden

Geistern zu tun, vor denen ihr euch fürchtet. Ich verstehe dich nicht, Vincent Mayac. Jeden Morgen und jeden Abend betest du zu einem Gott, der dir fremd ist, und trotzdem glaubst du noch, dass es Geister gibt. Lass mich aufstehen!«

»Wenn du mir versprichst nicht hinzusehen.«

»Was soll mir denn geschehen, wenn ich hinsehe?«

»Die Geister locken dich mit ihrem leuchtenden Spiel und ehe du es merkst, bist du unterwegs zu ihnen und in ihrer Gewalt.«

Sie schwieg. Ich ließ sie nicht los. Ihre Lippen waren fest zusammengepresst.

»Die Kiguruyat-Geister würden dich töten und dir mit ihren spitzen Zähnen das Fleisch von den Knochen nagen!«

Simon kam herüber.

»Es ist wahr«, pflichtete er mir bei. »Es ist einigen von uns passiert. Sie sind alle nicht mehr zu uns zurückgekehrt.«

Angie schloss die Augen.

»Ich verspreche es«, sagte sie leise.

Da erst ließ ich ihren Arm los und stand auf. Meine Augen mit der Hand schützend, vergewisserte ich mich, dass die Geister noch immer da waren, leuchtender noch als zuvor. Ich drehte mich sofort um, so dass ihnen mein Rücken zugekehrt war.

Wir gingen erst weiter, als die Geister ihr heimtückisches Unterfangen aufgaben und ihr

Spiel beendeten. Der Himmel war nun klar und ohne Farbe.

Der Bär lag regungslos im Schnee, ein heller Buckel, der einen langen Schatten durch das kalte Licht der Sterne warf. Wir beobachteten ihn eine Weile um festzustellen, ob er tot war oder vielleicht noch lebte, obwohl es eine Weile her war, seit wir zum letzten Mal seine sterbende Stimme vernommen hatten.

»Er ist tot«, flüsterte Simon, der neben mir stand. »Ganz gewiss ist er tot.«

»Ich glaube auch, dass er tot ist«, beruhigte ich ihn, aber ich ließ das Jagdgewehr meines Vaters, das ich schussbereit in den Händen hielt, nicht sinken.

Wir befanden uns etwa dreißig oder vielleicht vierzig Schritte von dem Bären entfernt, der dort im blutigen Schnee lag, wo seine Fährte zu Ende war.

»Komm, wir gehen hin«, schlug Simon vor.

Die Furcht, die uns beim Anblick des Bären gelähmt hatte, wich nun von uns. Der Bär musste zusammengebrochen und im Schnee verblutet sein. Er konnte uns nicht mehr gefährlich werden, selbst wenn sein Geist noch nicht weit war. Das Gewehr fest in den Händen haltend gingen wir nun auf den Bären zu. Plötzlich begann Simon zu laufen. Er überholte mich, und während er auf den Bären zulief, rief er seine Freude und sein Glück in die Nacht hinaus, so dass ihn Sedna, die Königin der Seetiere, hören mochte.

»So wartet doch!«, hörte ich hinter mir Angies Stimme rufen. Ich blickte mich nach ihr um. Sie kam durch den tiefen Schnee in unseren Spuren auf mich zu.

»Beeile dich!«, rief ich ihr zu. »Dieser tote Bär wird schnell kalt!«

Sie fing an zu laufen und ich wartete auf sie, aber da geriet sie plötzlich ins Taumeln und ich sah, wie sich in ihrem Gesicht blankes Entsetzen ausbreitete. Sie öffnete den Mund zu einem Schrei, der jedoch auf ihren Lippen erstarb. Stattdessen erklang ein fauchendes Grollen, das mein Herz stocken ließ. Ich fuhr herum und riss das Gewehr hoch, aber der Finger am Abzug erstarrte, als ich die gewaltige Gestalt des Bären sah, der mit erhobenen Pranken auf meinen Freund Simon zuwankte. Das fauchende Grollen kam aus seinem aufgerissenen Maul, von dessen Lefzen blutiger Speichel troff. Ich hätte in diesem Moment abdrücken sollen, denn im nächsten geriet mir Simon in die Schusslinie. Den Harpunenspeer mit beiden Händen festhaltend stürzte er schreiend auf den Bären zu. Ich hatte seinen weißen Parka im Visier, den Jagdsack, der über seinem Rücken hing, und die Kapuze. Wenn ich jetzt geschossen hätte, hätte ich an Stelle des Bären meinen Freund Simon getroffen. Ich schoss nicht. Mein ganzer Körper war mit einem Mal gelähmt. Selbst wenn ich es gewollt hätte, es wäre mir nicht gelungen, den Finger am Abzug zu krümmen.

»Simon!«

Mein Schrei holte ihn ein. Ich sah, wie er im Schritt stockte, nur um sofort wieder weiterzulaufen.

»Simon, wirf dich hin!«

Er reagierte nicht. Seine Schneeschuhe warfen Schnee hoch, so schnell lief er auf den Bären zu. Der Bär begann mit seinen Pranken nach ihm zu schlagen. Sein mächtiger Kopf schwang hin und her, den Speichel von seinem Maul schleudernd. Er blieb stehen, richtete sich in voller Größe auf, als wollte er Simon ein letztes Mal zeigen, wie groß und kräftig er war. Aber Simon beachtete ihn nicht. Den Harpunenspeer schräg nach oben gerichtet, rammte er dem Bären die lange Stahlspitze in den Leib. Ein furchtbares Röhren entrang sich der Kehle des Bären. Mit einem Prankenschlag zersplitterte er den Harpunenschaft. Mit der anderen Pranke traf er Simon und schleuderte ihn wie eine Puppe von sich. Noch während Simon durch die Luft flog, richtete sich der Bär wieder zu voller Größe auf und wandte sich brüllend mir zu. Ich merkte nicht, wie sich mein Finger am Abzug krümmte. Der Rückschlag des Gewehres warf mich beinahe in den Schnee. Der Bär heulte auf und schlug mit seinen Pranken um sich, als wären es tausend unsichtbare Feinde, die er sich vom Leib halten wollte. Noch einmal schoss ich und noch einmal.

Von drei Kugeln getroffen ließ er sich nieder, langsam und schwerfällig. Ich erwartete, dass er nun auf mich zulaufen würde, aber er starrte mich aus seinen kleinen Augen nur an, das Maul halb geöffnet.

»Leg dich hin und stirb!«, rief ich ihm zu.

Er rührte sich nicht. Da begann ich auf ihn zuzugehen, das Gewehr an der Schulter. Und noch einmal versuchte er sich aufzurichten um mich zu stellen, aber er hatte nicht mehr die Kraft dazu. Schwer fiel er zur Seite in den Schnee und ich hörte ihn röchelnd schnaufen, als ich nur noch wenige Schritte von ihm entfernt stehen blieb. Ich starrte auf ihn nieder und ich sah, wie er seinen Kopf in meine Richtung drehte, aber bevor er mich sehen konnte, begann sich sein Körper im Todeskrampf zusammenzuziehen. Seine Pranken glitten lautlos und ohne Kraft durch die Luft und verharrten plötzlich zitternd. Sein letzter Atemzug klang wie ein langer Seufzer, der plötzlich verstummte.

Jetzt war er tot. Ich, Vincent Mayac, hatte ihn getötet. Es war mir gelungen, meinen ersten Bären zu erlegen. Ich ließ das Gewehr sinken und wandte mich nach Angie um.

»Er ist tot!«, rief ich ihr zu. »Komm her und wärme dich an ihm!«

Sie taumelte los und begann zu laufen, aber sie lief nicht zu mir, sondern zu Simon, der einige Schritte vom toten Bären entfernt im Schnee lag. Ich ließ das Gewehr sinken. Die eisige Luft roch nach verbranntem Pulver. Angie rief leise Simons Namen, als sie sich bei ihm auf die Knie niederließ.

Die Pranke des Bären hatte Simon an der rechten Schulter getroffen. Er konnte den Arm aus eigener Kraft nicht mehr bewegen, und als Angie ihn sachte anhob, stöhnte er auf vor Schmerzen. Ich fragte ihn, ob er blutete, aber es schien, als ob die Klauen des Bären nur seinen Tuchparka zerrissen hätten und nicht durch seinen Fellparka gedrungen waren. Trotzdem war es natürlich eine schlimme Verletzung, besonders in unserer Situation, in der jede zusätzliche Behinderung den sicheren Tod bedeuten konnte. Simon wusste das auch. Er richtete sich halb auf und versuchte mit der linken Hand seinen rechten Arm zu stützen, so dass er ihn anwinkeln konnte. Dabei starrte er mich an und gab sich Mühe sich die Schmerzen, die er auszustehen hatte, nicht anmerken zu lassen.

»Meine Brille«, stieß er leise hervor. »Wo ist meine Brille?«

Simons Brille lag einige Schritte entfernt an einer Stelle, wo das Eis blank war. Ich hob sie auf. Das linke Glas war zersplittert. Vorsichtig wischte ich das rechte am Ärmel meines Stoffparkas ab. Dann kauerte ich mich nieder und setzte Simon die Brille auf.

Angie schlug vor aus dem zerrissenen Tuchparka Simons eine Schlinge zu machen, mit der sein Arm ruhig gestellt werden konnte. Das war eine gute Idee, aber im Moment erschien es mir wichtiger, die Wärme des toten Bären nicht ungenutzt aus dem Kadaver weichen zu lassen.

So vorsichtig, wie es nur möglich war, halfen wir Simon auf die Beine und führten ihn zur Stelle, wo der Eisbär im Schnee lag. Dort ließen wir uns alle nieder. Ich schnitt dem Bären mit dem Jagdmesser die Kehle durch, so dass das warme Blut aus seiner Hauptschlagader laufen konnte.

»Trink!«, forderte ich Angie auf, aber sie wich angewidert zurück.

Das Blut lief aus der klaffenden Wunde durch das Fell des Bären in den Schnee. Ohne mich um Angie zu kümmern beugte ich mich vor und trank. Dampf hüllte meinen Kopf ein, während ich mein Gesicht in die Wunde presste. Nach einigen Schlucken richtete ich mich auf um Simon an die Wunde heranzulassen. Obwohl ihm jede Bewegung fast unerträgliche Qualen bereitete, gelang es ihm, sich so tief über den Bären zu beugen, dass er das Blut vom Wundrand schlürfen konnte.

»Dieser Bär gibt uns die Kraft, weiterzuleben«, sagte ich zu Angie. »An deiner Stelle würde ich auch trinken, bevor sein Blut kalt wird und stockt.«

Simon richtete sich auf. Sein ganzes Gesicht und sein weißer Stoffparka waren verschmiert. Er hatte, während er trank, kaum geatmet. Jetzt holte er tief Luft.

»Warum trinkst du nicht?«, fragte er Angie. »Es ist nichts als Blut. Das gleiche Blut, das in deinen Adern fließt.«

Ich warf einen Blick auf die Wunde. Das Blut, das aus der Wunde ins Fell lief, begann bereits dick zu werden. Ich führte die Klingenspitze meines Jagdmessers unter das Bauchfell des Bären und begann es aufzuschlitzen. Sobald der Schnitt lang genug war, begann ich ihm das Fell von der Bauchdecke zu lösen, bis ein großes Stück seines Unterleibes abgezogen war. Jetzt stieß ich dem mächtigen Kadaver das Messer in den Bauch und schlitzte ihn auf. In eine Wolke von Dampf gehüllt quollen die Eingeweide aus seinem Inneren. Ich tastete in der warmen Bauchhöhle nach dem Herz und der Leber. Meine Finger begannen zu schmerzen, aber ich achtete nicht darauf. Ich holte das Herz heraus und zerteilte es in drei Stücke. Eines davon gab ich Simon, das zweite streckte ich Angie hin.

Sie bewegte den Kopf hin und her, die Lippen fest zusammengepresst. Da verlor ich zum ersten Mal die Geduld. »Iss es!«, schrie ich sie an.

Sie zuckte zusammen, aber sie weigerte sich mir das Stück Herz aus der Hand zu nehmen. Ich konnte es nicht fassen. Da kniete ich vor ihr, ein warmes Stück Fleisch in meiner ausgestreckten Hand, und sie starrte mich an, als wollte ich sie umbringen. Ich sah ein, dass es keinen Zweck hatte ihr meinen Willen aufzwingen zu wollen. Ich aß das Stück, das ich ihr angeboten hatte, selbst. Angie schaute mir dabei zu, aber sie rührte sich nicht.

Simon verlangte nach der Leber, als er sein Herzstück gegessen hatte.

Ich stopfte meinen Mund voll und holte die Leber aus dem Inneren des Bären. Ich gab Simon ein Stück davon.

»Iss wenigstens ein Stück von der Leber«, bat ich Angie. »Ich will nicht, dass wir dich morgen oder übermorgen auch zurücklassen müssen.«

Ich hielt ihr ein Stück von der Leber entgegen und senkte den Kopf, so dass ich sie nicht sehen konnte. Den Arm ausgestreckt, verharrte ich still, und als mein Arm so schwer wurde, dass ich vor Anstrengung am ganzen Leib zu zittern anfing, spürte ich, wie sie meine Hand berührte. Ich blickte auf. Angie kauerte vor mir, ihre Hand ausgestreckt. Simon lag halb aufgerichtet im Schnee, den Mund zum Platzen voll, ohne zu kauen. Blut lief ihm über das Kinn in den schmutzigen Stoff seines zerrissenen Parkas. Er blickte erwartungsvoll zu uns herüber. Ich gab Angie das Stück der blutigen Leber. Sie führte es zum Mund und biss vorsichtig hinein, als wäre es ein Lebewesen, das sie in ihrer Hand hielt.

Ich hätte jubeln können vor Freude, aber ich glaube, ich brachte nicht einmal ein Lächeln zustande.

Ich beeilte mich den Bären vollständig abzuhäuten und sein Fell mit der behaarten Seite nach außen in eine Eismulde hineinzupressen, so dass es in der Form einer Schale gefror und steif wurde. An dieser Schale befestigte ich ein dünnes Rohhautseil, das ich in meinem Jagdsack mitgenommen hatte. Danach zerlegte ich den Bären und suchte schnell die besten Fleischstücke aus, die wir mitnehmen wollten. Auch wenn wir fortan unsere Ausrüstung und den Fleischvorrat nicht mehr zu tragen brauchten, durfte die Last nicht so schwer sein, dass sie uns auf dem Weiterweg zu sehr behinderte. Ich stopfte den Inhalt meines Jagdsackes in den von Simon und füllte meinen mit Fleischstücken. Den prallen Sack, der nun etwa zwanzig Pfund wog, legte ich in das Bärenfell, das inzwischen bretthart geworden war. Angie hatte unterdessen aus Simons Tuchparka eine Schlinge hergestellt, die sie ihm über den Kopf streifte. Es war noch dunkel, als wir uns schließlich auf den Weiterweg machten. Wir hatten uns alle drei satt gegessen und warteten darauf, dass es hell werden würde. Der Himmel war klar und am Morgen würden wir vielleicht zum ersten Mal, seit wir unsere Insel verlassen hatten, die Sonne sehen.

Der Tag graute, klar und kalt.

Seit wir die Stelle verlassen hatten, wo der Kadaver des Bären zurückgeblieben war, hatten wir nicht mehr als ein oder zwei Meilen zurückgelegt. Das lag daran, dass Simon nach kurzer

Zeit kaum mehr gehen konnte, weil ihm jede Bewegung Schmerzen bereitete und ihm jeder Schritt zur Qual wurde. Am Anfang ließ er sich nichts anmerken. Er biss die Zähne zusammen, aber da ich ihn gut kannte, sah ich ihm dennoch an, dass er höllische Schmerzen ausstehen musste.

Auf flachem Eis wäre es ihm wahrscheinlich leichter gefallen, mit uns Schritt zu halten. Ich suchte zwar nach der leichtesten Wegstrecke, aber manchmal war das Eis so zerklüftet, dass wir unsere Hände zu Hilfe nehmen mussten um über die Druckwälle hinwegzusteigen.

Als es hell wurde, befanden wir uns in einem kleinen Eisfeld, das umgeben war von hohen Schollenhügeln. Wir hielten in einem Graben an. Angie half Simon sich niederzulassen. Ich hatte das Fell des Eisbären bis hierher allein gezogen und meine Beine wollten nicht mehr. Ich setzte mich hin und blickte zum Himmel auf, an dem die Sterne verblassten.

»Von einem der Hügel aus können wir vielleicht Land sehen«, sagte Simon hoffnungsvoll. »Wir sind bestimmt in der Nähe der Diomeden-Inseln.«

Angie blickte mich an, als erwartete sie von mir eine Bestätigung. Ich erhob mich und verließ wortlos den Graben. Der nächste Hügel war zwar nicht weit entfernt, aber allein der Gedanke ihn erklimmen zu müssen um vielleicht nichts anderes zu sehen als den nächsten Hügel und dahinter den nächsten, machte mich mutlos. Umsonst wollte ich nicht dort hinaufklettern. Die Enttäuschung fürchtend, gegen die ich mich nicht mehr schützen konnte, blieb ich stehen. Und da wurde mir bewusst, wie verzweifelt ich in diesem Moment war, wie müde und niedergeschlagen. Da hörte ich Angies Stimme. »Warte auf mich, Vincent!«, rief sie. Ich wandte mich nach ihr um. Sie kam durch das Eisfeld auf mich zu. »Komm«, sagte sie und streckte mir ihre Hand entgegen. »Ich gehe mit dir.«

So erklommen wir zusammen den Hügel, und als wir oben waren und uns aufrichteten, konnten wir im Dunst die Sonne sehen, ein blasser und dennoch blendender Schimmer über den Eiswällen, von denen lange, hauchdünne Schatten flossen.

»Da!«, rief Angie aus und streckte die Hand in südwestlicher Richtung aus. »Siehst du es auch, Vincent? Dort drüben, das muss Land sein!«

Ja, ich sah es auch, ein bisschen Grau im blendenden Weiß, kaum mehr als eine mit bloßem Auge kaum erkennbare Schattierung in der Leere zwischen Himmel und Erde.

»Sibirien«, sagte ich, vom anstrengenden Aufstieg noch außer Atem.

»Sibirien!«, rief Angie aus. »Dort ist Sibirien!« Sie drehte sich mir zu. »Es ist Land, Vincent«, sagte sie, als sie merkte, dass ich ihre Freude nicht mit ihr teilen konnte.

»Wir sind in der Nacht so dicht am Ostkap

vorbeigetrieben, dass uns die Leute von dort hätten sehen können«, sagte ich.

»Jetzt ist es zu spät. Die Strömung treibt uns weiter nach Norden.« Ich spähte an ihr vorbei in die Ferne. Südlich von uns hätte ich die Diomeden-Inseln sehen müssen, aber die Sonne blendete mich und ich konnte nichts erkennen als die zackigen Eisränder, von denen die langen Schatten flossen. Ich richtete meinen Blick nach Südosten, schützte die Augen mit der Hand und da, nachdem ich eine Weile in die blendende Leere hinausgestarrt hatte, konnte ich schwach die Umrisse eines Buckels erkennen, von dem ich im ersten Moment annahm, dass es sich um den Cape Mountain handelte, jenen Berg, der sich in der Nähe der Küste Alaskas befand und der mir in meinem Traum erschien. In diesem Augenblick dachte ich jedoch nicht an meinen Traum. Ich glaubte den Berg als Cape Mountain zu erkennen, weil er von unserer Insel aus bei klarem Wetter auch zu sehen war, allerdings im Nordosten. Ich versuchte die Distanz zu schätzen. Achtzig Meilen mussten wir vom Berg entfernt sein. Vielleicht hundert. Es fiel mir schwer, mich zu orientieren. Plötzlich war ich nicht mehr sicher, dass der Berg, der sich dort aus dem Dunst hob, Cape Mountain war. Konnte es sein, dass mir die Sinne einen Streich spielten?

»Siehst du den Berg dort drüben?«, fragte ich Angie unsicher und gab ihr die Richtung mit der Hand an.

»Das ist ein Berg in Alaska!«, rief sie aus. »Wenn das dort drüben Sibirien ist, dann steht dieser Berg in Alaska, Vincent!«

»Sieht er nicht aus wie Cape Mountain, den man von unserer Insel aus sehen kann?«

Sie nickte.

»Ja, Vincent, es ist Cape Mountain!« Sie drehte sich um und umarmte mich, und da ich nicht darauf gefasst war, fiel ich hin und sie fiel ebenfalls hin und wir lagen im Schnee und hielten uns aneinander fest und Angie lachte und weinte gleichzeitig und die lähmende Verzweiflung, der ich mich noch vor wenigen Minuten beinahe ergeben hätte, war mit einem Mal wie ausgelöscht.

»Wir müssen versuchen, nach Osten zu gehen«, sagte ich. »Morgen werden wir sehen, ob wir dem Berg näher gekommen sind.«

Noch einige Minuten blieben wir auf dem Hügel stehen ohne ein Wort zu sagen. Es war still dort oben, so still, dass ich Angie atmen hören konnte.

Dann fiel der Schuss. Er kam von dort her, wo wir Simon zurückgelassen hatten, und es war ein Schuss aus dem Gewehr meines Vaters.

»Simon!«, rief Angie aus und sie lief, so schnell es Schnee und Eis zuließen, den Hügel hinunter. Ich überholte sie auf halbem Weg und erreichte den Graben zuerst. Dort saß Simon, das Gewehr im Schoß. Ich kletterte zu ihm hinunter.

»Warum hast du geschossen?«, fuhr ich ihn an.

Er hob die gesunde Schulter und verzog den Mund zu einem schiefen Lächeln.

»Ich schlief«, sagte er stockend. »Dann haben mich die Schmerzen aufgeweckt und ich dachte, dass es besser ist, wenn ich mich erschieße.«

»Was wolltest du?« Ich entriss ihm das Gewehr. Aus der Mündung kräuselte sich Rauch. »Erschießen wolltest du dich?«

Er blickte mich mit einem Auge durch das nicht kaputte Brillenglas hindurch an. »Der Mut hat mich im letzten Moment verlassen«, stieß er hervor. »Ich will nicht wie Paul sterben, Vincent. Ich will nicht erfrieren wie er! Es genügt schon, dass ich hier liege, hilflos wie ein Kind. Ich . . .« Simon brach ab, als er Angie am Grabenrand auftauchen sah.

»Was ist geschehen?«, rief sie atemlos. »Warum hast du geschossen, Simon?«

»Es war ein Signal«, sagte ich schnell. »Wir sollten zurückkommen, weil er sich kaum bewegen kann und fürchtete erfrieren zu müssen!«

Sie glaubte mir nicht, das konnte ich ihr ansehen. Sie kletterte in den Graben hinein, und nachdem wir Simon unsere Entdeckung mitgeteilt hatten, beschlossen wir sofort aufzubrechen. Wir halfen Simon auf die Füße, aber er konnte sich allein nicht mehr auf den Beinen halten. Angie stützte ihn, während ich das Bärenfell mit unserem Proviant und der Ausrüstung hinter mir herschleifte. Wir kamen nicht weit, denn Angie brach sehr bald unter dem Gewicht Simons zusammen.

Während wir still dasaßen und uns ausruhten, vernahmen wir plötzlich Motorengeräusche. Zuerst traute ich meinen Ohren nicht, aber als es lauter und lauter wurde und Angie aufsprang, war ich sicher, dass auch sie und Simon das Geräusch hörten. Ich erhob mich und drehte mich in die Richtung, aus der das monotone Brummen kam. Die nächsten Eishügel versperrten uns die Sicht, aber nach kurzer Zeit tauchte über den verschneiten Zacken ein Flugzeug auf, das genau auf uns zuflog. Der Rumpf und die Flügel glänzten silbern im Licht der Sonne. Deutlich konnten wir die fünfzackigen Sterne sehen, die an der Unterseite der Flügel aufgemalt waren und das Flugzeug als eines der amerikanischen Luftwaffe kennzeichneten. Zuerst standen Angie und ich wie gelähmt und starrten dem Flugzeug entgegen. Erst als Simon aufstand und trotz seiner Schmerzen aus dem Schatten in das Sonnenlicht hinaustaumelte, rührten wir uns. Wir rannten auf das herannahende Flugzeug zu, und während wir rannten, schwenkten wir wie wild unsere Arme und begannen laut zu schreien.

»Hier!«, schrie ich. »Hier sind wir! Hier! Hier!«

Und Angie schrie: »Hier! Hier!«

Und ich hörte Simon rufen, während ich

rannte. Das Flugzeug war nun so nahe, dass ich in den kleinen Fenstern des Cockpits Gesichter zu erkennen glaubte. Ich blieb stehen, die Arme hoch erhoben. Das Flugzeug flog direkt über uns hinweg und in nordwestlicher Richtung davon. Fassungslos blickten wir ihm nach, bis es hinter mächtigen Eisblöcken verschwunden war. Lange Zeit konnten wir das Motorengeräusch noch hören. Es wurde leiser und leiser und schließlich verstummte es und es war wieder totenstill.

Simon wankte zu dem Platz zurück, wo unser Zeug im Schnee lag. Er blickte zu Angie hinüber. Sie kletterte über einige Eisschollen hinweg auf einen der Hügelbuckel. Als sie oben anlangte, zog sie ihren weißen Tuchparka aus, damit man sie vom Flugzeug aus besser sehen konnte, wenn es zurückkehrte. Wir warteten fast eine Stunde lang, aber das Flugzeug tauchte nicht wieder auf.

Es stand schlecht um Simon. Das wusste er selbst am besten. Der Tag war nun beinahe vorbei, die Sonne hinter den Eishügeln verschwunden. Wir hatten die Hoffnung, dass das Flugzeug zurückkehren würde, aufgegeben.

»Wenn du dich auf das Fell setzst, kann ich dich ziehen«, schlug ich vor.

Simon schüttelte den Kopf.

»Nein, ich glaube nicht, dass das geht. Ich bin sicher zu schwer, als dass du mich längere Zeit ziehen könntest.«

»Ich kann den Jagdsack mit dem Fleisch tragen«, sagte Angie.

Wir nahmen unsere Ausrüstung und den mit Fleisch gefüllten Jagdsack aus dem Fell und halfen Simon hinein. Angie lud sich den Jagdsack auf den Rücken und ich überließ ihr auch das Gewehr. Als es dunkel wurde, gingen wir weiter.

In der Nacht zogen Wolken auf und es wurde so dunkel, dass ich nichts mehr sehen konnte. Ein harter Wind blies uns ins Gesicht. Ich blieb irgendwann einfach stehen, weil ich zu müde war weiterzugehen. Ich drehte mich nach Angie um, aber ich konnte sie in der Dunkelheit nicht erkennen.

»Wir ruhen uns aus«, keuchte ich.

Ich erhielt keine Antwort.

»Angie!«

Nichts. Kein Geräusch. Nur das Jammern des Windes, der an meinem Parka zerrte und mich beinahe von den Füßen stieß.

»Angie!« Ich brüllte ihren Namen, so laut ich konnte, in die Nacht hinaus. Der Gedanke, dass Angie irgendwo zurückgeblieben war, ohne dass ich etwas gemerkt hatte, versetzte mich in panische Angst. Ich streifte die Schlinge des Zugseils, die ich mir um die Brust gelegt hatte, ab und warf mich auf die Knie nieder.

»Simon!« Ich packte ihn und er schrie auf vor Schmerzen. »Simon, wo ist Angie?«

»Angie?«, vernahm ich seine gepresste

Stimme. »Was ist mit ihr? Warum fragst du mich?«

»Hast du sie gesehen?« Ich zog ihn halb aus dem Bärenfell. »Simon, Angie ist nicht mehr bei uns!«

»Nicht mehr bei ...« Er brach ab. »Wo sind wir, Vincent? Warum ist es auf einmal so dunkel, dass ich dich nicht sehen kann?«

»Keine Angst, Simon, es sind nicht deine Augen! Es ist so dunkel, weil es Nacht ist und der Himmel voller Wolken.« Ich ließ ihn los und stand auf. Die Nacht umhüllte uns wie eine schwarze Decke. Ich rief Angies Namen. Dabei entfernte ich mich ein Stück von Simon, aber ich konnte in der Dunkelheit nicht einmal unsere eigene Fährte sehen.

Plötzlich hörte ich Simon nach mir rufen. Ich blieb stehen und da wurde mir bewusst, dass ich dabei war, einen tödlichen Fehler zu machen. Ich hatte keine Ahnung, wann Angie zurückgeblieben war. Ich glaubte zwar noch vor wenigen Minuten ihre Schritte hinter mir gehört zu haben, aber das konnte auch nur eine Täuschung gewesen sein. Wäre Angie in unmittelbarer Nähe gewesen, hätte sie auf mein Rufen bestimmt geantwortet. Es konnte gut sein, dass sie weiter zurück gestürzt war. Simon hatte es nicht bemerkt, weil ihn die Schmerzen benommen machten. Aber warum hatte Angie nicht nach Hilfe gerufen? War sie vielleicht mit dem Kopf auf blankes Eis gefallen und sofort ohnmächtig geworden? Oder hatte sie etwa einfach nicht mehr mithalten können und war schließlich unter dem Gewicht des Jagdsackes völlig erschöpft zusammengebrochen?

Die Gedanken, die in meinem Kopf durcheinander wirbelten, brachten mich beinahe um den Verstand. Allein hatte Angie dort draußen in dieser langen Nacht keine Überlebenschance. Aber selbst wenn ich noch die Kraft dazu gehabt hätte, nach ihr zu suchen, ich hätte mich wohl in dieser Finsternis eher selbst verirrt, als dass ich Angie gefunden hätte.

Irgendwie gelang es mir, einen kühlen Kopf zu bewahren. Ich rief noch einige Male Angies Namen und wartete einige Minuten, bevor ich dorthin zurückging, wo ich Simon zurückgelassen hatte. Wir suchten zwischen mächtigen Eisblöcken Schutz vor dem Wind. Da wir nichts zu essen hatten, blieb uns nichts anderes zu tun, als für Angie zu beten. Aber keiner von uns glaubte, dass wir sie noch einmal wieder sehen würden.

12. Januar

Der siebte Tag
Geisterwelt

Ich konnte es fast nicht erwarten, dass es hell wurde. Die ganze Nacht hatte ich mich gezwungen wach zu bleiben. Simon hatte auch kaum geschlafen, weil die Schmerzen ihn nicht zur Ruhe kommen ließen. Bei jeder Bewegung stöhnte er auf und gegen Morgen begann er über furchtbare Schmerzen in seiner rechten Hand zu klagen und bat mich ihm wenigstens die abgefrorenen Finger abzunehmen, da er die Qual nicht mehr ertragen konnte.

Ich zog ihm den Fäustling von der rechten Hand. Einige seiner Finger waren starr und beinahe schwarz. Ich wusste, dass er niemals mehr in der Lage sein würde sie zu gebrauchen, aber ich brachte es nicht fertig, seinem Wunsch nachzukommen.

Als schließlich der Morgen kam, im ersten schwachen Grau, verließ ich unseren Lagerplatz. Ich musste Angie finden, da sich mein Gewehr und der Jagdsack bei ihr befanden. In der Dämmerung folgte ich der windverwehten Spur, die wir in der Nacht gemacht hatten. Erst jetzt erkannte ich, wie zerklüftet das Eisfeld wirklich war, das wir in der Nacht bei völliger

Dunkelheit durchquert hatten. Bizarre Eisgebilde hoben sich wie halb zerfallene Märchenschlösser aus dem düsteren Zwielicht, mit spitzen Zinnen und mächtigen Türmen, mit hohen Wällen aus zersplitterten Eisschollen, die aussahen wie eingestürzte Befestigungsmauern. In dieser unwirklichen, totenstarren Welt war ich das einzige Leben, der einzige Herzschlag und die einzige Bewegung. Und mein keuchender Atem war der einzige Laut, der an meine Ohren drang. Nur wenn ich stehen blieb, vernahm ich im Wind die Stimmen der Geister, das Gemurmel unsichtbarer Wesen, die mich mit ihren toten Augen beobachteten, das boshafte Gelächter jener, die auf mich warteten, auf meine Seele, die meinem Körper mit dem letzten kalten Atemzug entweichen würde.

Immer wenn ich stehen blieb, hielt ich nach ihnen Ausschau und einmal rief ich ihnen zu, dass sie sich mir zeigen sollten, dass sie hervorkommen sollten hinter den Eisblöcken und den Schneewechten und da kamen sie und sie schlichen um mich herum und berührten mich mit ihren eisigen Händen, ohne dass ich sie sehen konnte.

Die Furcht vor ihnen krallte sich in mir fest und ich begann zu laufen und sie folgten mir. Einer wilden Horde gleich jagten sie hinter mir her und manche kamen mir so nahe, dass ich spürte, wie sie mich vorwärts stießen, bis ich schließlich hinfiel.

Mit dem Gesicht im Schnee blieb ich liegen. Erst als ich sicher war, dass sie sich davongemacht hatten, erhob ich mich. Ich schaute mich um und da entdeckte ich Angie in einer kleinen Eishöhle. Ich eilte zu ihr und kniete bei ihr nieder.

»Angie!«, keuchte ich, packte sie mit beiden Händen und zerrte sie aus der Höhle. Jetzt sah ich das Blut in ihrem Gesicht, eine Kruste aus roten Eiskristallen. Sie hatte eine Wunde auf der Stirn.

»Wach auf!«, stieß ich hervor, während ich sie schüttelte. »Wach auf, Angie!« Da öffnete sie die Augen.

Es dauerte eine Weile, bis Angie wirklich zu sich kam. Ich redete die ganze Zeit auf sie ein, aber ich konnte ihren Augen ansehen, dass meine Worte nicht bis in ihr Bewusstsein drangen. Sie starrte mich aus verschleierten Augen an ohne mich zu erkennen und meine Worte schienen für sie nichts anderes zu sein als fremdartige Laute, mit denen sie nichts anfangen konnte.

»Du musst aufstehen und dich bewegen«, sagte ich zu ihr und packte sie unter den Armen und versuchte sie auf die Füße zu ziehen, während ich mich langsam aus dem Schnee erhob. Schlaff hing sie in meinen Armen und ich hatte nicht die Kraft, sie zu stützen. Kniend schüttelte ich sie verzweifelt und brüllte sie mit heiserer Stimme an.

»Du erfrierst, wenn du nicht aufstehst! Wir erfrieren beide, weil ich dich nicht tragen kann und weil wir hier ungeschützt dem Wind ausgesetzt sind!«

Die Augen fielen ihr zu. Ihr Kopf ruhte an meiner Schulter und so knieten wir im Schnee und ich hielt sie in den Armen. Ihr Gesicht war so dicht an meinem Mund, dass mein Atem die Eiskruste zu schmelzen begann. Die Blutkristalle glitzerten jetzt wie rote Glasperlen aus dem Handelsposten in Nome. Flüsternd bat ich Angie die Augen noch einmal zu öffnen. Ich wusste nicht, ob sie meine Stimme hören konnte, aber ich konnte nicht mehr schreien, weil meine Kehle wie zugeschnürt war. Ich wusste in diesem Moment, dass ich bereit war mit ihr zusammen zu sterben. Ich wollte nicht mehr weiterleben. Ich hatte die Kraft nicht mehr, noch einmal aufzustehen. Ich betete, aber meine Stimme wurde leiser und leiser, bis sie schließlich verstummte. Meine Gedanken fanden einen Weg zurück nach Ugiuvak. Ich betrat das Haus meiner Eltern. Meine Mutter saß neben der Tranlampe. Als sie mich sah, lächelte sie. »Da ist er«, sagte sie. »Ich wusste, dass mein Sohn zurückkehrt. Seine Mukluks haben sich die ganze Zeit bewegt.«

Es war warm in unserem Haus. Meine Geschwister umringten mich. Ich ging zu meinem Vater um ihm das Gewehr zurückzugeben.

»Es ist jetzt dein Gewehr, Vincent«, sagte er.

»Ich bin zu alt. Zu alt um noch einmal auf die Jagd zu gehen. Du wirst von nun an die Familie versorgen, bis wir Ugiuvak für immer verlassen und nach Nome gehen.«

Meine Geschwister umringten mich.

»Wir gehen nach Nome!«, rief Amy voller Freude. »Wir gehen nach Nome!«

»Ich gehe nicht nach Nome«, sagte ich.

»Wir gehen alle dorthin«, sagte meine Mutter. »Niemand bleibt auf dieser Insel zurück.«

»Ich gehe nicht nach Nome«, wiederholte ich. »Ich bleibe hier.« Und mit diesen Worten drehte ich mich um und verließ das Haus meiner Eltern und draußen war Nacht und ich wusste nicht, wohin ich hätte gehen können, aber da hörte ich eine Stimme, die nach mir rief. Es war Angies Stimme und ich blickte zur Kirche hoch und dort stand sie auf der hölzernen Plattform und sie deutete mir die steile Holztreppe hochzusteigen, die durch unser Dorf zur Kirche hinaufführt. Ich hängte mir das Gewehr meines Vaters über die Schulter und ging die unregelmäßigen Stufen hoch, zwischen den Häusern der anderen Leute hindurch, in einem Gewirr von Pfählen mit Plattformen, auf denen die Häuser standen, vorbei an niederen Mauern aus Steinen und aus den Häusern kamen Stimmen, Stimmen von Männern und Frauen und Kindern. Ich blieb stehen um zu verschnaufen, und da hörte ich die Worte, die gesungen wurden. »Wir gehen nach Nome«, sangen die Leute. »Wir gehen alle nach

Nome, wo es Elektrizität gibt und ein Klo mit Spülung.«

Ja, das war etwas, was es bei uns nicht gab. Nicht einmal in der neuen Schule, die uns von der Regierung gebaut worden war, gab es ein Klosett mit Spülung. Und keine Elektrizität.

»Ich bleibe hier!«, stieß ich hervor, während ich die Treppe hochkeuchte. »Ich gehe nicht nach Nome! Ich bleibe hier!«

»Vincent, wir sterben, wenn wir hier bleiben!«

Das war Angies Stimme. Die Wirklichkeit riss mich vom Rand der Geisterwelt, die sich in der Tiefe meines Unterbewusstseins aufgetan hatte.

»Steh auf, Vincent! Bitte, steh auf.«

Ich öffnete die Augen und da erkannte ich, dass ich nicht zu Hause war. Angie versuchte mich auf die Beine zu ziehen, indem sie so heftig an meinem Arm zerrte, dass sie ihn mir beinahe ausriss.

»Steh auf, Vincent!«, rief sie, aber als sie sah, dass ich die Augen aufgemacht hatte, fiel sie neben mir auf die Knie.

Wir schleppten uns in die kleine Eishöhle. Dort holte ich einige Stücke von unserem Fleischrest aus dem Sack und wir aßen beide davon, und als wir gegessen hatten, umarmten wir uns.

»Ich weiß nicht mehr, was geschah«, flüsterte Angie.

»Ich glaube, ich bin ausgerutscht und hingefallen.«

»Du bist mit dem Kopf aufgeschlagen.«
»Ich habe deinen Namen gerufen. Immer und immer wieder. Als ich wusste, dass du nicht zurückkehrst, suchte ich im Dunkeln nach einem Windschutz.«
»Es war zu finster um nach dir zu suchen«, sagte ich.
»Mein Gott, ich bin so froh, dass du noch lebst.«
»Glaubst du wirklich, dass es Gott ist, der uns beschützt?«
»Ich weiß es nicht. Ich weiß nur, dass wir nicht tot sind. Das weiß ich und es kann gut sein, dass uns Gott beschützt.«
Sie schwieg und ich wusste nicht, warum ich plötzlich daran zweifelte, dass es Gott war, der uns beschützte. Und trotzdem betete ich. Ich betete im Stillen. Ich bedankte mich dafür, dass Angie die Nacht überlebt hatte. Ich bedankte mich dafür, dass Simon noch lebte. Angie unterbrach meine Gedanken.
»Ich war zu Hause«, sagte sie leise.
»Zu Hause? In Kansas?«
»Lange Zeit gelang es mir, wach zu bleiben. Irgendwann bin ich jedoch eingeschlafen ohne es zu merken. Ich glaube, mir wurde plötzlich warm und ich spürte keine Schmerzen mehr und dann war ich zu Hause und es war Weihnachten und ich half Vater den Weihnachtsbaum zu schmücken und im ganzen Haus roch es nach Weihnachtsgebäck.«

»Du hast mir nie von zu Hause erzählt, von deinem Vater und deiner Mutter.«
»Ich habe keinen Vater.«
»Jeder Mensch hat einen Vater.«
»Mein Vater ist tot.«
»Das tut mir Leid.«
»Es braucht dir nicht Leid zu tun.« Angie löste sich von mir. »Ich glaube, es ist besser, wenn wir jetzt aufbrechen. Wenn wir Simon allein lassen, erfriert er.«

Wir krochen aus der Eishöhle. Auf dem Rückweg hörten wir Motorengeräusch, aber wir warteten vergeblich darauf, dass ein Suchflugzeug aus dem Grau des Himmels auftauchen würde. Nach einer Weile konnten wir das Geräusch nicht mehr hören und die Stille danach quälte uns mehr als die Stille zuvor, an die wir gewöhnt waren. Ich wünschte fast, sie hätten die Suche nach uns abgebrochen.

Simon war wach, als wir zurückkehrten.

Er hatte furchtbare Schmerzen. Wir gaben ihm zu essen und zu trinken. Noch einmal bat er mich nach seiner rechten Hand zu sehen. Ich rieb ihm die Hand vorsichtig mit Schnee ein, aber die Schmerzen ließen nicht nach.

Wir rafften uns auf und schleppten uns weiter. Dem Gefühl nach ostwärts. Der Küste zu.

Als es dunkel wurde, konnten wir nicht mehr. Erst jetzt merkten wir, dass Simon unterwegs in Ohnmacht gefallen war. Angie versuchte ihn ins

Bewusstsein zurückzuholen. Aber es gelang ihr dieses Mal nicht.

In der Nacht fing Simon an zu schreien. Ich wusste, dass er sich von uns entfernte und sich dabei dem Rand der Geisterwelt näherte. Angie wollte das nicht wahrhaben.

»Es gibt keine Geisterwelt«, sagte sie bestimmt, während sie versuchte Simon mit ihrem Körper Wärme zu geben. »Er fantasiert, weil er schwach und unterkühlt ist.«

Ich gab ihr darauf keine Antwort. Nach einer Weile fragte sie mich plötzlich, ob ich wüsste, wie viele Tage wir uns schon im Eis befanden.

»Sieben«, sagte ich. »Morgen ist der achte Tag.«

»Hast du schon gebetet?«

»Ja.«

»Für ihn?«

»Für uns.«

Sie hob den Kopf.

»Glaubst du, dass es nützt?«

»Vielleicht.«

Sie schwieg. Später spürte ich ihre Hand nach mir tasten.

»Ich betete und betete und es nützte nichts«, flüsterte sie. »Ich habe nie mehr gebetet, seit mein Vater gestorben ist.«

»Bist du deswegen zu uns gekommen? Weil dein Vater gestorben ist?«

»Nein, er starb vor einigen Jahren. Meine

Mutter hat vor einem Jahr wieder geheiratet. Da bin ich zum ersten Mal fortgelaufen.«

»Du bist fortgelaufen? Wohin?«

»Fort. Nirgendwohin. Sie haben mich schon am nächsten Tag wieder gefunden und nach Hause zurückgebracht.«

»Und jetzt? Bist du jetzt etwa auch fortgelaufen?«

Sie antwortete nicht. Ich hörte Simon etwas murmeln, konnte aber die Worte nicht verstehen. Er redete im Fieber. Er redete mit den Geistern.

Ich wartete vergeblich darauf, dass Angie meine letzte Frage beantworten würde. Irgendwann in der Nacht brachen wir auf. Wir mussten weiter. Während ich durch die Dunkelheit stapfte, hatte ich das Bild des Berges vor Augen, den Angie und ich am Tag zuvor vom Hügel aus gesehen hatten. Der Berg war mein Ziel, aber ich wusste nicht einmal, ob die Richtung stimmte, in die wir gingen.

Ab und zu blieb ich stehen um mich zu vergewissern, dass Angie nicht unbemerkt zurückgeblieben war und um nach Simon zu sehen. Ich wunderte mich jedes Mal, dass Simon noch lebte.

13. Januar

Der achte Tag
Der Küste entgegen

Am Morgen, als es hell wurde, konnten wir den Berg nicht sehen, weil uns mächtige Druckwälle von übereinander geschobenen Eisblöcken und zersplitterten Platten die Sicht versperrten. Der Wind wehte uns entgegen, trieb Schleier von glitzerndem Eisstaub durch die zerklüfteten Täler, die wir auf unserem Weg durchqueren mussten.

Heute war der achte Tag. Wir hatten Sibirien den Rücken zugekehrt und gingen, fortan mit einem Ziel, in östlicher Richtung auf die Küste Alaskas zu. Aber der Wind und die Strömung trieben das Packeis weiter in den arktischen Ozean hinaus.

Irgendwann, ich hatte das Gefühl für die Zeit längst verloren, ruhten wir uns aus und aßen von unserem Vorrat. Der Himmel war wolkenverhangen und es wollte an diesem Tag nicht richtig hell werden. Trotzdem konnten wir jetzt von einer erhöhten Stelle aus schwach die Umrisse des Berges erkennen, den wir am Tag zuvor zum ersten Mal gesehen hatten.

Angie weckte Simon auf und zeigte ihm den Berg.

»Dort ist die Küste«, erklärte sie ihm leise. »In zwei oder drei Tagen werden wir das Festland erreichen. Bestimmt gibt es in der Nähe des Berges ein Eskimodorf.«

»In zwei oder drei Tagen bin ich längst tot«, antwortete Simon schwach. Seine kaputte Brille saß ihm schief auf der Nase. Sein ganzes Gesicht war mit dunklen Frostbeulen bedeckt, von denen einige bereits aufgeplatzt waren. Ich glaube, wenn ich Simon in Nome begegnet wäre, ich hätte ihn nicht wieder erkannt.

Nachdem wir gegessen und uns etwas ausgeruht hatten, marschierten wir weiter. Hin und wieder mussten wir vor Erschöpfung kurze Rastpausen einlegen. Angie hatte immer mehr Mühe, sich den Jagdsack mit dem Fleischvorrat auf den Rücken zu laden, wenn wir nach einer Marschpause aufbrachen. Schließlich entschieden wir einen Teil des Vorrates zurückzulassen.

Auch an diesem Tag hörten wir zwei Mal das Motorengeräusch eines Flugzeuges. Beim ersten Mal zogen Angie und ich schnell die weißen Tuchparkas aus, damit man uns besser sehen konnte, aber nachdem wir eine Weile den wolkenverhangenen Himmel vergeblich nach dem Flugzeug abgesucht hatten, verstummte auch das Motorengeräusch. Beim zweiten Mal behielten wir die Tuchparkas an und gingen einfach weiter ohne auch nur einmal aufzusehen. Auch dieses Mal flog das Flugzeug irgendwo südlich von uns über das Packeis, dem Geräusch nach mehrere Meilen weit von uns entfernt.

Man hatte also die Suche nach uns noch nicht aufgegeben und später erfuhr ich, dass die Leute auf der kleinen und auf der großen Diomeden-Insel jeden Tag von den hohen Küstenklippen aus das vorbeitreibende Packeis mit Feldstechern nach uns abgesucht hatten und dass über das Kurzwellenradio sämtliche Dörfer an der Küste Alaskas alarmiert worden waren. Überall hielt man nach uns Ausschau und jeden Tag, sobald es hell war und das Wetter es erlaubte, verließen Suchflugzeuge den Marks-Luftstützpunkt bei Nome. Die Piloten befanden sich in ständigem Radiokontakt mit verschiedenen Insel- und Küstenstationen, unter anderem auch mit der auf Ugiuvak, die von Mr Ross bedient wurde. Die Suchflugzeuge flogen von Tag zu Tag weitere Strecken, ohne dass sie auch nur eine Spur von uns entdeckt hätten. Mr Ross sagte mir später, wie schwer es ihm oft gefallen war, die zuständigen Einsatzleiter in Nome davon zu überzeugen, dass wir noch am Leben waren.

»Warum, Mr Ross, glauben Sie, dass diese jungen Leute noch am Leben sind?«, fragte der Einsatzleiter einmal.

»Wegen der Mukluks, Sir.«

»Bitte schön?«, schnappte der Einsatzleiter.

»Nun, die Mukluks, die in einem Kagri hier

im Dorf aufgehängt sind, bewegen sich noch, Sir.«

»Die Mukluks bewegen sich noch?«

»Jawohl, Sir.«

»Mein lieber Mr Ross, das müssen Sie mir erklären«, forderte der Einsatzleiter leicht verstört. Und Mr Ross erzählte ihm von unserem Brauch und am Ende sagte ihm der Einsatzleiter, dass er als Offizier der US Air Force solcherlei Hokuspokus nicht ernstlich in Betracht ziehen könne, wenn es darum ginge, über den Einsatz von Personal und Material verantwortungsvoll zu entscheiden. »Ich werde jedoch die Sache so lange fortsetzen lassen, wie es die Wetterverhältnisse zulassen und weder Personal noch Material gefährdet ist.«

»Vielen Dank, Sir!«

»Keine Ursache, Mr Ross. Falls die Mukluks demnächst still hängen, lassen Sie es mich bitte umgehend wissen.«

»Jawohl, Sir!«, antwortete Mr Ross.

Wir durchquerten ein leicht verschneites Eisfeld, das aus einem Gewirr von frisch zugefrorenen Wasserrinnen bestand. Da ich nicht das Bärenfell mit Simon ziehen und gleichzeitig mit dem Stock das Eis vor mir abtasten konnte, übernahm nun Angie die Führung. Bei jedem Schritt stieß sie den Eisstock kräftig in den Schnee um die Festigkeit der sich darunter befindlichen Eisdecke zu prüfen. Da auf dem Eis kaum Schnee lag, hatten wir die Schneeschuhe ausgezogen und trugen sie auf dem Rücken. Die anstrengende Führungsarbeit raubte Angie bald die letzten Kraftreserven. Ihre Schritte wurden unsicherer und sie begann immer öfter zu taumeln. Jedes Mal, wenn ich erkannte, dass ihre Beine sie kaum mehr zu tragen vermochten, rief ich ihr zu anzuhalten, damit wir uns ausruhen konnten.

Kurz bevor es dunkel wurde, barst jäh die Eisdecke unter Angies Gewicht. Mit einem Aufschrei brach Angie ein, und wenn sie sich nicht im letzten Moment geistesgegenwärtig zurückgeworfen hätte, wäre sie ertrunken. Ich kroch zu ihr und half ihr aus dem eiskalten Wasser aufs Eis. Wir rieben ihre Mukluks und die Fellhosen mit Schnee ein, bis sie trocken waren. Der Wind umheulte uns die ganze Zeit. Simon fieberte und ich war sicher, dass er die Nacht nicht überleben würde.

In der Nacht, als wir in einem Eisgraben Schutz fanden, bat er mich ihm die Finger abzunehmen. Angie, die neben mir lag, wurde wach, als ich mich aufrichtete.

»Was ist?«, fragte sie leise.

»Seine rechte Hand ist ihm abgefroren«, antwortete ich. »Er kann die Schmerzen nicht mehr ertragen.«

Ich holte die Streichhölzer hervor und zündete eines davon an. Im flackernden Lichtschein blickte ich in das schmerzverzerrte Gesicht meines Freundes Simon Payana. Ich wusste in diesem Moment, dass ich ihm die Bitte nicht länger abschlagen konnte. Die kleine Flamme erlosch. Im Dunkeln zog ich ihm die Fäustlinge aus und tastete nach seinen Fingern. Einige von ihnen waren hart und sie brachen von seiner Hand, als wären sie aus Glas. Angie hörte das knackende Geräusch und sie wollte wissen, was wir taten, weil sie nichts sehen konnte.

»Es sind seine Finger«, sagte ich.
»Seine Finger?«
»Ja.«
Sie wusste, dass ich ihm die Finger abnahm, weil er mich an diesem Tag schon einige Male darum gebeten hatte. Sie verlangte ein Streichholz und ich gab ihr eines. Sie riss es an. An Simons rechter Hand fehlten mehrere Finger, aber die Wunden an den Knöcheln bluteten nicht einmal. Ich wickelte einen Stofffetzen von seinem weißen Parka um Simons Hand und zog ihm den Fäustling wieder an. Dann verlöschte das Streichholz.

Ich nahm Pauls Pfeife und den Tabaksbeutel hervor, der nur noch einen kleinen Rest Tabak enthielt. Sorgfältig stopfte ich die Pfeife und zündete sie an. Ich hörte Angie leise schluchzen. Wir rauchten Pauls Pfeife, bis sie ausging. Es war eine schlimme Nacht, die nie mehr enden wollte.

14. Januar

Der neunte Tag
Simons Mukluks hängen still

Wir hatten keinen Tabak mehr.

Da wir uns auf dünnem Eis befanden, konnten wir bei Dunkelheit nicht weitergehen. Die Gefahr, dass wir alle eingebrochen und ertrunken wären, war zu groß. Ich weiß nicht, was es war, das uns am Leben erhielt. Ich weiß nicht, woher ich die Kraft nahm und den Willen den nächsten Tag abzuwarten und dann weiterzugehen. Ich betete in dieser Nacht. Mein Gebet war eigentlich kein richtiges Gebet. Ich wollte Gott nur wissen lassen, dass alles in Ordnung war und dass ich von ihm nicht erwartete mich am Leben zu erhalten. Ich war bereit die Augen zu schließen und zu sterben, aber wenn der neue Tag graute und ich die Kraft hatte aufzustehen, würde ich weitergehen, bis wir den Berg erreichten, den wir in der Ferne gesehen hatten.

Am Morgen wollte Simon nicht mehr. Wimmernd vor Schmerzen verlangte er von uns ihn zurückzulassen, wie wir es vor einigen Tagen mit unserem Freund und Gefährten Paul Kasgnoc getan hatten. Er begann zu weinen. Nie zuvor hatte ich Simon weinen sehen. Mir kamen aus Verzweiflung selbst beinahe die Tränen und ich musste mich abwenden.

»Es kommt gar nicht in Frage, dass wir dich zurücklassen, Simon«, hörte ich Angie mit gepresster Stimme sagen. »Du lebst und solange du lebst, gehörst du zu uns.«

»Warum willst du ihn nicht sterben lassen?«, fuhr ich sie an.

Sie warf den Kopf herum.

»Weil er nicht zu sterben braucht!«, rief sie mit Tränen in den Augen. »Wir haben Paul Kasgnoc zurückgelassen, weil wir vor einigen Tagen noch kein Land gesehen haben. Aber jetzt wissen wir, dass die Küste in der Nähe ist, und wir wissen auch, dass dort Leute leben.«

»Die Küste ist nicht in der Nähe«, gab ich ihr leise zur Antwort. »Die Küste ist vierzig oder fünfzig Meilen weit entfernt.«

»Das sind drei Tage, die er durchhalten muss, Vincent. Drei Tage!«

»Das kann ich nicht«, stöhnte Simon. »Ich kann keine drei Tage mehr am Leben bleiben. Ich bin jetzt schon halb tot. Ich glaube, dass ich nicht einmal mehr einen Tag am Leben bleiben kann.«

Angie erhob sich und packte die Zugleine.

»Das werden wir sehen!«, würgte sie hervor. Sie streifte sich die Schlinge über und begann davonzugehen ohne sich um mich zu kümmern oder daran zu denken, die Schneeschuhe mitzunehmen.

»Warte!«, rief ich ihr nach, aber sie wollte nicht hören. Ich lud mir die Ausrüstung auf den Rücken, nahm das Gewehr auf und stapfte eilig hinter ihr her um sie zu überholen, bevor sie plötzlich auf einer der dünnen Eisstellen einbrach.

Angie ließ Simon an diesem Tag nicht sterben. Sie zog ihn, bis sie selbst zusammenbrach. Da ich ihnen voranging, merkte ich erst nach einer Weile, dass sie mir nicht mehr folgte. Ich ging zurück. Simon war ohnmächtig. Angie lag im Schnee, und als ich bei ihr niederkauerte, drehte sie sich auf den Rücken. Ihr Atem ging keuchend und ich erschrak über den Ausdruck auf ihrem schmalen Gesicht.
»Weißt du jetzt, warum er zurückbleiben wollte?«, fragte ich sie, während ich den Wasserbeutel unter dem Parka hervorholte. »Weißt du jetzt, dass wir diesen Berg niemals erreichen, wenn wir ihn mitnehmen?«
Angie versuchte sich aufzurichten, aber allein schaffte sie es nicht. Ihr Oberkörper fiel zurück in den Schnee. Sie schloss die Augen. Es schien, als kriegte sie keine Luft mehr. Ich half ihr sich aufzurichten und stützte sie, während ich ihr den Wasserbeutel an den Mund hielt. Zwischen kurzen heftigen Atemzügen trank sie ein bisschen von dem lauwarmen Wasser. Es dauerte mehrere Minuten, bis sich ihr Atem etwas beruhigt hatte. Sie streifte die Schlinge der Zugleine von sich und hielt sie mir hin.

»Jetzt ziehst du ihn ein Stück, Vincent«, stieß sie mit einem schwachen Lächeln hervor.

Ich wollte ihr widersprechen, aber ich brachte es nicht fertig. Ich wollte ihr sagen, dass wir unsere eigenen Überlebenschancen zunichte machten, wenn wir Simon weiterhin mitschleppten, aber ich schwieg und gab ihr stattdessen zu trinken. War es überhaupt noch wichtig, dass wir am Leben blieben? War es wichtig, dass wir beide irgendwohin zurückkehrten? Irgendwohin. Nein, wenn wir irgendwohin zurückkehrten, dann bedeutete das, dass wir uns trennen mussten. Meine Leute waren in Ugiuvak, ihre in Kansas.

In der Nacht schien der Mond blass durch einen dünnen Wolkenschleier. Wir überquerten mehrere, nicht sehr hohe Druckwälle aus blankem Eis, bevor wir zu einem tiefen Graben kamen, der uns den Weg ostwärts, zur Küste Alaskas hin, versperrte. Dort, wo wir den Graben erreichten, fielen die rissigen Eiswände senkrecht ab. Im Grund des Grabens, der weder einen Anfang noch ein Ende zu haben schien, lag Schnee über einem Gewirr von zersplitterten Eisblöcken, die von den Grabenrändern gebrochen und in die Tiefe gestürzt waren.

Im ersten Moment, als wir den Graben erreichten, erlosch in mir der letzte Hoffnungsschimmer, den ich durch diesen Tag gerettet hatte. Der Graben erschien mir wie ein letztes, unbezwingbares Hindernis, eine Grenze, die uns von der Welt der Lebenden, von der wirklichen Welt, trennte. Schwach konnte ich den gegenüberliegenden Rand des Grabens erkennen, einen Steinwurf weit entfernt, ein Band von ausgezackten Klippen im Schatten des Mondes.

»Wir müssen nach einem Weg suchen«, hörte ich Angie sagen und der kalte Wind riss ihr die Worte mit dem Atemhauch vom Mund.

»Warum suchen wir uns nicht lieber eine Stelle, wo wir die Nacht verbringen können?«

»Wir können uns drüben ausruhen«, widersprach sie mir. »Auf der anderen Seite.«

Jetzt schüttelte ich den Kopf.

»Angie, ich bin zu müde um weiterzugehen! Lass uns hier bleiben, bis es Tag wird!«

»Du kannst hier bleiben, wenn du willst.«

Sie ließ den Jagdsack von den Schultern gleiten und ging dem Rand des Grabens entlang davon. Der Wind blies so hart, dass sie seiner Gewalt manchmal nachgeben musste und dadurch von der Richtung abkam, in die sie gehen wollte. Ich blickte ihr nach, unfähig mich zu bewegen. Simon, der die meiste Zeit ohnmächtig gewesen war, richtete sich plötzlich auf, als wäre er durch ein Geräusch erschreckt worden.

»Wohin geht sie?«, fragte er mit einer mir fremden Stimme.

»Sie geht einen Weg suchen«, gab ich ihm zur Antwort.

»Warum lässt du sie gehen?«

»Sie geht, ob ich es will oder nicht, Simon.«

»Das stimmt«, antwortete Simon schwach und er ließ ein merkwürdiges Geräusch vernehmen, das beinahe wie ein Röcheln klang. Ich kauerte bei ihm nieder und gab ihm Wasser zu trinken. Er trank ein wenig und als er genug hatte, hielt er mich am Arm fest.

»Vincent...«

»Ja.«

»Vincent, dieser Tag war mein letzter.«

»Wie willst du das wissen?« Ich trank und blickte dabei Angie nach, die sich immer weiter von uns entfernte.

»Ich weiß es. Ich hatte einen Traum.«

»Erzähl mir deinen Traum!«

»Ich war zu Hause. Meine Mukluks hingen im Kagri und bewegten sich nicht mehr. Jemand ist aufgestanden und hat sie heruntergeholt.«

»Deine Mutter?« Angie war nun so weit entfernt, dass ich sie kaum mehr sehen konnte. Ich nahm die Schneeschuhe vom Rücken und wollte mich erheben um ihr nachzugehen, aber Simon hielt mich zurück.

»Zuerst habe ich nicht gesehen, wer es war, der die Mukluks herunternahm«, sagte Simon.

»Wer war es, Simon?«, fragte ich ihn ungeduldig.

»Du wirst es mir nicht glauben.«

Ich entzog ihm meinen Arm und erhob mich.

»Angie«, sagte er. Ich war bereits dabei, wegzugehen, verhielt nun jedoch im Schritt und blickte mich nach ihm um. Der Mond schien ihm ins Gesicht. Ich konnte erkennen, dass er lächelte.

Angie entdeckte eine schmale Rinne, die schräg zum Grund des Grabens hinunterführte. Als ich bei ihr ankam, war sie dabei, mit der Spitze des Eisstockes kleine Stufen in das Eis zu schlagen.

»Diese Rinne ist der einzige Weg in den Graben«, keuchte sie, kurz in ihrer Arbeit verharrend. »Hier können wir Simon am Zugseil herunterlassen.«

Ich schüttelte den Kopf. »Simon stirbt«, gab ich ihr zur Antwort.

Sie blickte mich an. »Ist er tot oder redest du nur so, als ob er tot wäre?«

»Er lebt noch ein bisschen.«

»Ein bisschen?«

»Ja.«

»Nein! Er lebt! Er lebt und er gehört zu uns, und solange er lebt, werden wir alles versuchen mit ihm zusammen die Küste zu erreichen!« Angie wandte sich ab. Sie hatte bereits einige Stufen in das Eis geschlagen und ich konnte von ihr nur den Oberkörper sehen, da sie sich über den Eisrand in die Rinne hinuntergelassen hatte. Jetzt bückte sie sich um die nächste Stufe zu schlagen. Sie stützte sich mit einer Hand am Eis ab um das Gleichgewicht zu wahren, während sie mit der anderen den langen Schaft des Eisstockes festhielt. Heftig schlug sie die Spitze in das zersplitternde Eis. Ich trat näher an den Grabenrand heran und wollte sagen, dass Simon den Tod herbeisehnte, weil er wusste, dass er uns nur behinderte, aber als ich mich über ihr auf die Fersen meiner Mukluks niederlassen wollte um mit ihr zu reden, prallte die Spitze ihres Stockes vom Eis ab und Angie verlor jäh den Halt. Mit einem Aufschrei stürzte sie die steile Eisböschung hinunter, wobei sie sich mehrere Male überschlug, bevor sie schließlich in der Tiefe zwischen einigen mächtigen Eisbrocken liegen blieb.

Der erste Schreck über Angies Sturz lähmte mich. Mit angehaltenem Atem starrte ich zu dem leblos daliegenden Körper hinunter. Ich sah Angies Gesicht nicht, aber ich konnte deutlich erkennen, dass sich dort unten im Eis ein roter Fleck bildete, der schnell größer wurde.

Ich kniete nieder und beugte mich, so weit es ging, über den Grabenrand.

»Angie!«

Es war mehr das Krächzen eines erstickenden Tieres, das ich meiner Kehle zu entringen vermochte, als ein menschlicher Laut.

»Angie!« Dieses Mal schrie ich ihren Namen in den Graben hinein, und während noch der Widerhall meiner Stimme in meinem Kopf herumtobte, ließ ich mich auf den Bauch nieder, schob die Beine über den Eisrand und tastete mit den Füßen nach den Stufen, die Angie in die Rinne geschlagen hatte. Irgendwie gelang es mir, mich so dünn zu machen, dass ich, in der schmalen Rinne eingeklemmt, in den Graben hinunterrutschen konnte ohne selbst das Gleichgewicht zu verlieren. Auf dem Grund versperrten mir die mächtigen Eisbrocken den Weg zu Angie. Ich kletterte über sie hinweg bis zur Stelle, wo Angie am Boden lag. Als ich dort ankam, war sie dabei, sich aufzurichten. Blut lief ihr von einer Platzwunde an der Stirn über das Gesicht. Ich kroch zu ihr und half ihr sich aufzusetzen. Mit dem Rücken gegen eine Eisscholle gelehnt, bewegte sie nacheinander ihre Arme und Beine.

»Ich glaube, ich habe nicht einmal einen Finger gebrochen«, stieß sie schließlich hervor und blickte an mir vorbei zum zackigen Grabenrand hoch, der sich bestimmt fünfzehn oder zwanzig Fuß hoch über uns befand. »Glaubst du, dass dein Seil ausreicht um Simon herunterzulassen?«

Ich konnte das nicht verstehen: Kaum war sie selbst dem Tod entronnen und schon dachte sie wieder an Simon.

»Du hast Glück gehabt«, sagte ich. »Ich glaube, wir hatten beide sehr viel Glück.« Ich machte sie auf die tiefe Schramme auf ihrer Stirn aufmerksam und gab ihr ein Stück Eis, das sie sich gegen die blutende Wunde hielt, aber ihre einzige Sorge galt Simon und der Frage, ob es uns überhaupt gelingen würde, aus dem Graben zu klettern und Simon zu holen.

»Zuerst suchen wir uns hier unten einen Platz, wo wir uns ausruhen können«, sagte ich. »Dort drüben, auf der anderen Seite des Grabens, dort sind wir vor dem Wind geschützt.«

Ich half ihr auf und wir suchten uns einen Weg durch das Gewirr der Schollen. Ich hielt Angie dabei am Arm fest und bei jedem Schritt achtete ich darauf, nicht auf eine dünne Eisstelle zu treten. In der Mitte des Grabens zerbrach die Eisdecke jedoch mit einem Mal unter unserem Gewicht und wir brachen beide ein. Im letzten Moment gelang es mir, mich herumzuwerfen und nach einer festgefrorenen Eisscholle zu greifen, die wie die Rückenflosse eines riesigen Fisches aus der dünnen Eisdecke ragte. Angie schlug im schwarzen Wasser wild um sich und zertrümmerte mit ihren Fäusten das Eis, so dass das Loch immer größer wurde. Es gelang mir kaum, sie festzuhalten und mich gleichzeitig aufs dickere Eis zu ziehen, aber wenn ich Angie losgelassen hätte, wäre sie wahrscheinlich nach wenigen Sekunden wie ein Stein untergegangen und nie wieder an die Oberfläche gekommen.

Als wir beide schließlich wieder festen Grund unter uns hatten, kauerten wir in einer Lücke zwischen zwei Eisbrocken nieder. In Angies Gesicht war der Ausdruck des Schreckens und der Verzweiflung festgefroren und auf ihrer Stirn formte sich eine blutige Kruste, unter der die Wunde zu bluten aufhörte. Am ganzen Körper zitternd umklammerten wir uns, aber wir wussten beide, dass wir uns bewegen mussten, wenn wir in unseren hart werdenden Kleidern nicht erfrieren wollten.

Ich hob Angie auf die Beine und wir hasteten in unseren Spuren zurück zur Böschung. Dort rollten wir uns im angewehten Schnee, bis wir uns das gefrorene Wasser gegenseitig aus den Parkas, den Hosen und den Mukluks und den Fäustlingen klopfen konnten. Diese Prozedur wärmte uns ein wenig. Nicht weit von der Böschung entfernt fanden wir zwischen den Eisbrocken eine kleine Nische, die sich uns als Lagerplatz anbot.

Bevor ich mich aufmachte um Simon herzuholen, bedankte ich mich mit einem Gebet dafür, dass Angie den Sturz in den Graben heil überstanden hatte, und auch dafür, dass wir beide nicht ertrunken waren. Angie betete nicht. Sie hatte sich halb von mir abgewandt, als ich mit dem Gebet anfing. Als ich fertig war, drehte sie sich mir wieder zu.

Ich erhob mich. Bevor ich mich umdrehte, fragte ich sie, warum sie nicht an die Macht Gottes glaubte und daran, dass wir nur durch ihn und durch niemanden sonst gerettet werden konnten.

»Ich betete jeden Tag, dass mein Vater aus dem Krieg nach Hause zurückkehrt«, antwortete sie leise und ohne aufzublicken. »Jeden Tag. Jede Nacht. Ich versteckte mich im Weizenfeld und betete. Ich lief hinunter zum Ufer des Flusses und betete. Ich ging zum Bahnhof und betete, bis ein Zug ankam. Ich betete, bevor ich einschlief, und ich erwachte jede Nacht und betete und wenn ich am Morgen aufwachte, betete ich. Dann kam der Tag, an dem Vater zurückkehrte. In einer Kiste. Er war in Europa gefallen. In Italien. Er wurde am nächsten Tag beerdigt. Alle beteten, nur ich nicht.«

Sie blickte auf. Es verblüffte mich, dass sich der Schmerz, den sie mit sich durchs Leben trug, in diesem Moment nicht in ihrem eisverkrusteten Gesicht zeigte. Nicht einmal in ihren Augen.

Ich hatte von dem Krieg gehört, der vor einigen Jahren zu Ende gegangen war. Einer meiner Onkel, der in Nome lebte, hatte im Krieg seinen linken Arm verloren. Einmal, als wir in Nome gewesen waren, hatten wir uns alle in der Kirche versammelt und mein Onkel hatte vom Krieg erzählt, der überall auf der Welt gewütet hatte, nur nicht auf Ugiuvak. Eine Zeit lang danach hatte ich Alpträume und ich war froh, als wir auf unsere Insel zurückkehrten, wo kein Krieg war.

Jetzt fiel mir nichts ein, was ich Angie hätte sagen können. Worte des Trostes? Ich fand kein einziges.

»Vergiss nicht, dass du Simon holen wolltest«, flüsterte sie.

Ich brachte es kaum fertig, ihr den Rücken zuzukehren und davonzugehen. Ich wollte sie nicht allein lassen. Bald würde dieser Tag zu Ende gehen, und selbst wenn es mir gelang, schnell einen Weg aus dem tiefen Graben zu finden, konnte ich unmöglich vor der hereinbrechenden Nacht wieder zurück sein. Während ich wegging, fiel mir ein ihr zu sagen, dass sie sich nicht von der Stelle rühren sollte, aber das wäre wohl sinnlos gewesen, denn es gab keinen Grund den Schutz dieses Grabens zu verlassen. Ich schaute mich noch einmal nach ihr um, bevor ich mich daranmachte, nach einem Aufstieg zu suchen.

Ich versuchte die Rinne, über die ich in den Graben gelangt war, aber sie war zu steil und zu schmal für den Aufstieg. Fast eine halbe Stunde lang suchte ich nach einer anderen Stelle und ich entfernte mich dabei fast eine Meile von dem Platz, wo ich Angie zurückgelassen hatte. Der Tag verging schnell. Das Licht wurde schwächer und schließlich gelang es mir doch, den Graben zu verlassen, indem ich mit dem Messer Kerben in das blanke Eis hieb, in denen ich mit Händen und Füßen Halt finden konnte. Es war nahezu dunkel, als ich den Platz erreichte, wo wir Simon zurückgelassen hatten, aber Simon war nicht mehr da. Nur das Bärenfell, auf dem wir ihn bis hierher gezogen hatten, und unsere Ausrüstung lagen noch dort. Eine Spur, die nur von Simon stammen konnte, führte durch die dünne Schneedecke zu einem Gewirr von ineinander geschobenen Eisschollen hinüber. Ich folgte den Fußstapfen. Ein knirschendes Geräusch ließ mich im Schritt verharren. Ich war mit dem linken Fuß auf einen Gegenstand getreten, der im Schnee lag. Ich bückte mich und hob ihn auf. Es war Simons Brille. Jetzt waren beide Gläser zersplittert und der Drahtrahmen verbogen. Ich steckte die Brille ein und ging weiter der Spur nach. Als ich Simon mit ausgestreckten Armen und Beinen auf dem blanken Eis liegen sah, wusste ich sofort, dass er nicht mehr lebte. Ich ging zu ihm und kniete bei ihm nieder. Er lag auf dem Rücken. Seine Augen waren geöffnet und sein blasses Gesicht mit einer Eiskruste bedeckt. Ich schleifte ihn zurück zum Bärenfell. Ich weiß nicht, warum ich ihn nicht einfach liegen ließ, wo er gestorben war. Ich konnte nichts mehr für ihn tun. Ich konnte ihm nicht einmal mehr die Augen schließen, weil die Lider hart gefroren waren. Merkwürdigerweise war mein einziger Gedanke, ihn dorthin zurückzubringen, wo Angie auf uns wartete. Das war absolut sinnlos, aber ich tat es trotzdem. Ich schleifte ihn und die Ausrüstung den Graben entlang bis zur Rinne, die in den Graben hinunterführte. Als ich dort ankam, hörte ich Angie rufen. Sie hatte nach uns Ausschau gehalten und im Mondlicht, das schwach durch die Wolkendecke drang, konnte ich sehen, wie sie zwischen den Eisblöcken hervorkroch.

Ich machte die Zugleinen an Simons Armen

fest und ließ ihn langsam in den Graben hinunter. Meine Hände waren so kalt, dass ich nicht spürte, wie mir die Leinen entglitten. Simon fiel in den Graben hinein und ich hörte ihn unten hart aufschlagen.

15. Januar

Der zehnte Tag
Stiller Kampf

Am Morgen ließen wir Simons Leichnam im Graben zurück. Ich hoffte, dass wir an diesem Tag die Küste erreichen würden oder wenigstens so nahe an sie herankamen, dass wir vielleicht am Abend bei klarer Sicht die Lichter eines Dorfes sehen konnten. Es war sogar möglich, dass wir in Landnähe Jägern begegneten, die sich auf dem Packeis befanden und nach Atemlöchern der Bartrobben suchten. Zuerst war die Sicht gut, aber im Laufe des Tages wurde das Wetter schlecht und der Wind trieb immer dichter werdende Nebelschleier über das Eis, in denen wir manchmal kaum mehr die Hand vor den Augen erkennen konnten.

Wir waren nun allein und brauchten nicht mehr auf Simon Rücksicht zu nehmen. Es war der zehnte Tag, seit wir Ugiuvak verlassen hatten, und ich hätte gern gewusst, ob sich meine Mukluks im Kagri immer noch bewegten oder ob sie nun genauso still am Dachbalken hingen wie die von Simon.

Zehn Tage waren eine Ewigkeit.

Solange ich mich zurückerinnern konnte, war nie jemand nach so langer Zeit aus dem Eis heimgekehrt. Ich war sicher, dass man nun die Suche nach uns aufgegeben hatte und selbst meine Mutter nicht mehr an meine Rückkehr glaubte.

Angie und ich, wir redeten an diesem Tag kein Wort miteinander. Schweigend und still kämpften wir gegen den Wind und die Kälte. Der Eisnebel verbrannte unsere Gesichter. Die Haut brach auf. Wunden entstanden, über denen sich eisige Krusten bildeten. Wir wurden immer schwächer, und wenn Angie hinfiel, half ich ihr auf, und wenn ich hinfiel, zerrte sie an mir, bis ich mich erhob. Wir schleppten uns taumelnd voran, geschlagen von den Windböen, gezerrt von eisigen Krallenhänden, die uns nicht mehr loslassen wollten. Wir verkrochen uns zusammen in Spalten und Höhlen, bis wir wieder genug Kraft hatten, weiterzugehen. Irgendwo ließ ich meinen Jagdsack zurück, ohne dass wir es merkten. Erst als es dunkel wurde und wir uns in einer Eishöhle niederließen, fiel mir auf, dass ich den Sack nicht mehr auf dem Rücken trug.

Wir gingen in der Nacht weiter, suchten uns in der Dunkelheit einen Weg. Es fing an, leicht zu schneien. Ich hielt Angies Hand fest. Wir kletterten über Eisberge und über Gräben und schließlich waren wir zu erschöpft um weiterzugehen.

Wir warteten auf den Morgen.

Ich betete nicht in dieser Nacht.

16. Januar

Der elfte Tag
Von den Geistern verlassen

Der Morgen graute. Schnee fiel. Ich gab Angie Wasser zu trinken. Das war alles, was wir noch besaßen. Wir brachen auf und gingen in den Wind, geduckt und auf schweren, unsicheren Beinen. Die mächtigsten Druckwälle, die ich je gesehen hatte, türmten sich vor uns auf. Einen nach dem anderen überquerten wir. Zwischen ihnen breiteten sich rissige Eisfelder aus, die aussahen, als ob sie jemand mit einer mächtigen Axt bearbeitet hätte. Wir kamen so langsam voran, dass ich die Hoffnung aufgab, jemals die Küste Alaskas zu erreichen.

Irgendwann an diesem Tag wollte ich nicht mehr. Ich hatte mir in einer Eisspalte den Fuß vertreten und war gestürzt. Als ich mich erheben wollte und mit dem Fuß auftrat, lähmte ein stechender Schmerz mein Bein. Ich konnte nicht verhindern, dass ich aufschrie, als ich zusammenbrach. Angie wankte heran und ließ sich bei mir nieder. Wir umarmten uns ohne ein Wort zu sagen und ich hörte sie leise schluchzen.

Ich wünschte, ich wäre tot wie meine Gefährten Paul Kasgnoc und Simon Payana. Ich wünschte, die Geister wären gekommen und hätten uns beide weggeholt, aber jetzt, wo ich sie mit offenen Armen empfangen hätte, ließen sie sich nicht blicken. Ich rief nach ihnen, als wenn ich sie aus den Eisnebeln hätte zum Leben erwecken und zu unseren Rettern machen können.

»Kommt hervor, ihr Geister, und holt uns weg von hier!«, rief ich und begann im Schneegestöber herumzutaumeln, bis meine Stimme versagte und meine Beine unter mir einknickten. Und da kroch Angie auf mich zu und hielt mich mit beiden Händen fest.

»Bitte, tu das nicht, Vincent«, flehte sie mich an. »Ich will nicht sterben!«

»Unsere Geister lassen mich im Stich«, keuchte ich und ich merkte gar nicht, dass mir die Tränen kamen.

Irgendwann brachen wir auf. Es schneite nicht mehr. Der Wind verwehte den Schnee, trieb ihn dicht über dem Eis in flachen Wellen auf uns zu und an uns vorbei. Die Sonne schimmerte durch die Wolken. Von einem Hügel aus konnten wir den Berg sehen.

»Wir sind ihm ein gutes Stück näher gekommen«, rief Angie in den Wind, der uns aufrecht hielt.

Der Berg hob sich aus dem Weiß, das sich im blassen Licht der Sonne ohne Spur und ohne Schatten vor uns ausbreitete.

Der Berg sah wirklich aus wie der Berg in meinem Traum. Cape Mountain. Vergeblich versuchte ich die Küstenlinie zu erkennen, an der ich mich hätte orientieren können.

»Weißt du, wo wir sind?«, fragte mich Angie. Ich schüttelte den Kopf. Längst hatte ich die Orientierung verloren. Blind gingen wir weiter, bis es dunkel wurde. Ich benutzte den Eisstock wie eine Krücke, da ich mit meinem linken Fuß nicht mehr auftreten konnte. Die meiste Zeit ging Angie voran. Wenn ich stehen blieb, kam sie zurück um mich anzutreiben. Die Nacht verbrachten wir in einer Eisspalte. Wir froren jämmerlich.

An diesem Tag hatte die Air Force die Suche nach uns offiziell eingestellt.

Später erfuhr ich, dass die Suchflugzeuge sechzehn Einsätze geflogen hatten, und zwar in einem riesigen Gebiet, das sich von Point Hope, nördlich des arktischen Kreises, bis hinunter zu den Saint-Lawrence-Inseln erstreckte. Dabei hatten die Piloten mehrere Male die internationale Grenze zwischen Amerika und Russland überquert und waren bis auf wenige Meilen an die Küste Sibiriens herangeflogen. Die Tatsache, dass wir ohne Proviant und ohne die Möglichkeit, ein Feuer zu machen, während elf Tagen und Nächten extremen Temperaturen von bis zu fünfzig Grad unter null ausgesetzt gewesen waren, führte zur Entscheidung des Einsatzleiters, die Suche abzubrechen. Mr Ross versuchte zwar noch ein letztes Mal den Einsatzleiter umzustimmen, aber es gelang ihm nicht mehr. Die Wetterverhältnisse sollten sich, nach den Vorhersagen der Wetterstation im Norden, während den nächsten Tagen so sehr verschlechtern, dass uns niemand mehr eine Überlebenschance gab. Ohne dass Angie und ich etwas davon wussten, braute sich nördlich von uns über dem arktischen Meer einer der schlimmsten Blizzards zusammen, der in diesem Winter die Küstengebiete an der Beringstraße heimsuchte.

Wir überlebten diese Nacht, aber als der Tag graute, waren wir so schwach vor Kälte und Hunger, dass wir erst gar nicht versuchten aus der Spalte zu klettern. Über uns fegte ein scharfer Nordwind das Eis blank.

17. Januar

Der zwölfte Tag
Gras im Schnee

Angie half mir aus der Spalte. Wir schleppten uns über einen Eiskamm hinweg. Vor uns erhoben sich eine Reihe von verschneiten Buckeln. In der Ferne war im Grau des Himmels schwach die Silhouette des Berges sichtbar. Sonst war nichts zu erkennen, nicht das geringste Anzeichen dafür, dass wir uns der Küste näherten.

Der Wind wehte nun so hart, dass wir uns aneinander festhalten mussten um ihm gemeinsam Widerstand zu leisten. Meinen linken Fuß spürte ich nicht mehr, aber bei jedem Schritt merkte ich, dass ich mit ihm nicht mehr auftreten konnte. Ohne Angie hätte ich mich schon am Morgen nicht mehr dazu aufraffen können, noch einmal weiterzugehen. Die Kälte und der Hunger hatten meinen Willen zermürbt. Ich war wie ausgehöhlt. Betäubt.

Ich fiel in den Schnee. Weiß umgab mich und in diesem Weiß bewegte sich eine schemenhafte Gestalt. Es war Angie, die sich von mir entfernte. Sie ging einfach weiter, taumelnd im harten Wind, der mich von den Füßen gestoßen hatte, als mich die letzten Kräfte verließen. Ich lag still, das Gesicht im Schnee, und ich blickte Angie nach, einem schwächer werdenden Schatten in der Unendlichkeit des Himmels. Ich hätte sie zurückrufen können, aber ich tat es nicht. Vielleicht hätte ich mich noch einmal erheben und ihr nachgehen können, aber ich rührte mich nicht. Ich blickte ihr nach und hoffte, dass sie sich im Nichts auflösen würde wie die Geister, als sie mich verlassen hatten. Da blieb sie jedoch mitten im Schritt stehen. Sie befand sich auf einem der lang gestreckten Schneehügel, vornübergebeugt im Wind, und ich sah, wie sie langsam in die Knie sank.

Und dann hörte ich sie meinen Namen rufen. Sie taumelte auf die Füße und kam zu mir zurückgelaufen. Ich stemmte mich hoch und sah, wie sie stürzte und sich sofort wieder erhob. Als sie bei mir war, packte sie mich und zog mich auf die Beine.

»Komm, Vincent!«, keuchte sie. »Komm!« Und sie zerrte mich mit sich und wir taumelten und stürzten und begannen zu kriechen, bis wir auf dem Schneehügel ankamen.

»Schau her, Vincent!«, rief Angie aus und sie zeigte auf eine Stelle, wo einige Grashalme aus dem Schnee ragten, lang und dünn und von goldgelber Farbe. Wir knieten beide auf dem Schneehügel und starrten die Grashalme an, als trauten wir diesem Bild nicht, das sich so tief in mein Bewusstsein einprägte, dass ich es heute noch in seiner ganzen Klarheit sehen kann. Angie beugte sich vor und berührte die Halme sachte mit ihren Händen.

»Land«, hörte ich sie flüstern. »Wir haben Land erreicht, Vincent!« Sie drehte sich mir zu und wir fielen uns in die Arme. »Land!«, schrien wir beide, bis uns die Tränen kamen. Wir lösten uns voneinander und begannen mit den Händen im Schnee zu graben und tatsächlich, unter der dünnen Schneedecke kamen Steine zum Vorschein und Büschel von dürrem Gras.

Wir nahmen Steine vom Boden auf, hielten sie uns entgegen, Beweise dafür, dass wir wirklich Land erreicht hatten und es nicht unsere verwirrten Sinne waren, die uns einen Streich spielten. Nach zwölf Tagen hatten wir heute zum ersten Mal wieder festen Boden unter den Füßen. Wir umarmten uns im Stehen und wir weinten und lachten gleichzeitig und wir spürten die Kälte nicht mehr und auch nicht den Hunger und ich weiß nicht, wie es geschah, aber plötzlich küssten wir uns und heute noch, Jahre danach, kann ich sagen, dass dies der glücklichste Augenblick meines Lebens war.

Der glücklichste Augenblick meines Lebens dauerte eine Minute. Vielleicht zwei. Schutzlos standen wir da, als uns jäh die Wirklichkeit überfiel. Wir hatten zwar festen Boden unter den Füßen, aber so weit wir blicken konnten, gab es nichts als Schnee und Eis. Wo die Küste war, konnten wir nicht erkennen. Die lang gestreckten Erhebungen mochten vorgelagerte Inseln sein. Vielleicht gehörten sie auch zum Festland, aber der Berg, der uns seit einigen Tagen die Richtung gewiesen hatte, war so weit entfernt, dass wir ihn unmöglich erreichen konnten, bevor es dunkel wurde.

Ich hatte keine Ahnung, an welcher Stelle wir die Küste erreicht hatten. Ich war nicht einmal mehr sicher, dass wir ein Stück von Alaska unter den Füßen hatten. Der Berg, der sich schwach gegen den wolkenverhangenen Himmel abhob, hatte noch immer die mir vertrauten Umrisse des Cape Mountain. Ich wusste, dass es am Fuße des Cape Mountain ein Inuit-Dorf gab. Wir hatten Verwandte dort; eine Schwester meiner Mutter.

»Es kann nur die Küste Alaskas sein«, sagte Angie. »Es ist keine Insel, Vincent, es ist Alaska.«

Ich deutete in die Richtung des Berges.

»Cape Mountain«, sagte ich. »Lass uns weitergehen.«

Wir gingen in die Richtung des Berges. Nach kurzer Zeit schon waren wir so erschöpft, dass wir uns ausruhen mussten. Wir gruben ein Loch in den Schnee, aber an dieser Stelle stießen wir nicht auf Stein, sondern auf buckeliges Eis. Angie holte ihr Tagebuch hervor. Seit dem Tag, an dem Simon gestorben war, hatte sie nichts mehr hineingeschrieben.

Es wurde schnell dunkel. Wir überquerten einen Hügel, von dem der Wind den Schnee weggefegt hatte. Unter unseren Füßen war fester Boden.

Gefrorene Tundra. Den Berg in der Ferne konnten wir jetzt nicht mehr sehen. Der Wind war so kalt, dass wir unsere Kapuzen zuschnürten, bis nur noch die Augen frei waren. Auf der Hügelkuppe brach Angie völlig erschöpft zusammen. Ich kauerte bei ihr nieder und gab ihr Wasser zu trinken.

Sie trank. Später half ich ihr auf die Füße und wir machten uns bei völliger Dunkelheit an den Abstieg.

Ich vermochte Angie nicht mehr aufrecht zu halten. Wir fielen beide in den Schnee.

»Lass mich hier, Vincent!«, bat sie mich. »Ich kann nicht mehr weiter.«

»Ich auch nicht«, presste ich mühsam hervor. Dann begann ich ein Loch zu graben, in dem wir uns niederlassen und den Rest der Nacht vom Wind geschützt verbringen konnten. Angie schlief ein. Ich weckte sie.

Wir hielten uns eng umschlungen. Irgendwann begann es zu schneien und der Schnee deckte uns zu. In dieser Nacht musste ich Angie mehrere Male wecken. Dabei wäre ich beinahe selbst eingeschlafen.

Am Morgen waren wir mit Schnee zugedeckt. Das kleine Loch vermittelte uns ein Gefühl der Wärme.

»Wir können hier drin bleiben und auf die Geister warten«, flüsterte Angie.

18. Januar

Der dreizehnte Tag
Die Hütte

Ich kroch zuerst aus dem Loch. Es schneite nicht mehr, aber es war so kalt, dass mir jeder Atemzug Schmerzen bereitete. Langsam erhob ich mich. Der Schnee lag fast einen Fuß hoch. Ich hielt nach dem Berg Ausschau, aber ich konnte ihn in den tief hängenden Wolken nicht sehen. Als ich mich umdrehte und Angie aus dem Schneeloch helfen wollte, fiel mein Blick auf einen Buckel im Schnee, der eine viereckige Form hatte und ein dunkles Loch, in dem sich das Grau des Himmels spiegelte wie in einem Stück Glas. Die Form des Buckels passte nicht zu den anderen Hügeln, und je länger ich ihn betrachtete, desto sicherer wurde ich, dass sich dort unter dem Schnee etwas befinden musste, was von Menschenhand geschaffen worden war. Ohne mich um Angie zu kümmern arbeitete ich mich durch eine Mulde von Tiefschnee an den Buckel heran, der sich nicht weiter als etwa fünfzig Schritte entfernt befand. Bei jedem dieser Schritte versank ich bis zu den Knien im Schnee. Von der Anstrengung geriet ich so schnell außer Atem, dass ich auf halbem Weg anhalten und verschnaufen musste. Deutlich konnte ich jetzt die Spiegelung erkennen, ein Lichtfleck, der von Glas reflektiert wurde. Fensterglas. Ich stampfte weiter, bis ich vor dem Loch stand. Mit beiden Händen begann ich im Schnee zu graben. In wenigen Sekunden hatte ich tatsächlich ein kleines rundes Fensterglas freigelegt, das nur vom Bullauge eines Frachtkutters stammen konnte. Der verwitterte Holzrahmen war zwischen Steinbrocken eingekeilt und mit Streifen eines Rentierfelles festgemacht.

Ich versuchte durch das Bullauge in die Hütte hineinzusehen, aber es war so dunkel dort drin, dass ich nichts erkennen konnte. Sofort begann ich mir einen Weg durch den Schnee zu bahnen und den Eingang der Hütte zu suchen. Ich fand ihn auf der anderen Seite in einer Schneewehe. Er war so klein, dass ich mich auf alle viere niederlassen musste um in die Hütte zu gelangen.

Ein steif gefrorener Felllappen, unten mit Steinbrocken beschwert, verschloss den Eingang. Die Steine waren am Fell festgefroren. Trotzdem gelang es mir, sie zu entfernen. Ich schlug den Lappen zurück und kroch in die Hütte hinein. Sie war, bis auf ein altes Lager aus Moos und Fellstücken, leer. Ein Stein am Kopfende des Lagers war über und über mit rotem und weißem Wachs abgebrannter Kerzen bedeckt. Von der letzten Kerze war noch ein Stück übrig geblieben, aber ich besaß keine Streichhölzer mehr, seit ich meinen Jagdsack zurückgelassen hatte.

In einer Spalte zwischen den Mauerstreifen fand ich die zusammengefaltete Seite einer Zeitung in englischer Sprache. Das Papier war vergilbt und von Ungeziefer angefressen, aber wenigstens hatte ich jetzt die Gewissheit, dass wir uns in Alaska befanden und nicht etwa in Sibirien. Von einem Stück Treibholz an der Hüttendecke, die mit Walrosshäuten abgedeckt war, hing ein Beutel aus Robbenfell. Ich nahm ihn herunter, und noch bevor ich ihn öffnete, nahm ich einen Geruch wahr, der mir beinahe den Atem verschlug. Ich öffnete den Beutel trotzdem. Er enthielt Stücke von verdorbenem Robbenfleisch und ranzigem Robbenspeck. Obwohl mein Magen leer war, musste ich mich beinahe übergeben, als ich mir ein Stück des fauligen Fleisches in den Mund schob und ohne es zu zerkauen hinunterwürgte.

Vom Wind verweht, vernahm ich in diesem Moment Angies Stimme. Sie rief nach mir. Schnell hängte ich den Beutel auf und kroch aus der Hütte. Als ich mich erhob, riss mich der Wind beinahe von den Beinen. Ich ging in meiner Spur um die Hütte herum. Angie taumelte mir entgegen und fiel in meine Arme. Ich brachte sie zur Hütte. Obwohl es im Inneren der Hütte genauso kalt war wie draußen, vermittelte uns der kleine Raum ein Gefühl der Wärme und Sicherheit. Angie sank völlig entkräftet auf das Lager und schloss die Augen.

»Wir sind gerettet«, flüsterte sie kaum hörbar. Sekunden später war sie eingeschlafen.

Ich ließ Angie schlafen. Der Fäulnisgeruch aus dem Beutel verpestete die Luft in der Hütte. Ich hatte den Eingang mit dem Felllappen dichtgemacht. Nur durch das kleine Bullauge drang Licht. Draußen heulte der Nordwind. Angie redete im Schlaf, aber ich konnte die Worte nicht verstehen. Zum dritten oder vierten Mal durchstöberte ich alle meine Taschen nach einem Streichholz. Vergeblich. Ich hatte alle Streichhölzer in einem kleinen wasserdichten Beutel in meinem Jagdsack aufbewahrt, dabei hätten wir jetzt mit einigen Treibholzstücken der Decke ein kleines Feuer machen können.

Noch einmal durchsuchte ich die ganze Hütte, aber ich fand nichts mehr, was wir hätten brauchen können, und auch nichts, was mir Aufschluss darüber gegeben hätte, wo wir uns befanden. Die Art, wie die Hütte gebaut war, sagte mir nur, dass es sich um eine Jagdhütte eines Inuit handelte, um einen notdürftigen Unterschlupf, in dem ein Jäger vor einem plötzlich hereinbrechenden Sturm Schutz finden konnte.

Dem fauligen Fleisch nach war die Hütte längere Zeit nicht mehr benutzt worden und solange wir uns nicht irgendwie bemerkbar machen konnten, würde uns kaum jemand finden.

Ich legte mich auf den nackten Fußboden und rollte mich zusammen wie ein Hund.

Mitten in der Nacht erwachte ich. Es war stockdunkel in der Hütte. Nicht einmal das Bullauge konnte ich erkennen, obwohl ich es direkt über mir wusste. Dem Geheul und Gejaule nach hatte der Wind, seit ich eingeschlafen war, an Stärke zugenommen.

Angie, die neben mir lag, bebte am ganzen Körper. Mit den Zähnen zog ich die Fäustlinge von meiner rechten Hand und tastete nach Angies Gesicht. Erschrocken zog ich die Hand zurück, als meine Finger Angies eiskalte Stirn berührten. Ich packte sie bei den Schultern und rüttelte sie um sie aufzuwecken.

»Wach auf, Angie!«, rief ich mit rauer Stimme. »Wach auf!«

Ich zog sie hoch und spürte, wie ihr Kopf gegen meine Schulter fiel. Einen Augenblick lang dachte ich, dass Angie im Schlaf gestorben war. Der Gedanke brachte mich beinahe um den Verstand. Ich brüllte ihren Namen, so laut ich konnte, und schüttelte sie dabei, als hätte ich sie dadurch zum Leben erwecken können. Ihr Kopf schlug mehrere Male heftig gegen meine Brust, aber Angie gab kein Lebenszeichen von sich.

Als ich einsah, dass alle meine Bemühungen zwecklos waren, legte ich meinen Arm um sie und ließ sie sacht auf das Lager zurückgleiten. Eine Zeit lang saß ich, über Angie gebeugt, regungslos in der Dunkelheit. Meine Kehle war wie zugeschnürt und ich hatte das Gefühl, als wollte mein Herz zu schlagen aufhören. Langsam legte ich mich zurück und schloss die Augen. Ich wollte so schnell wie möglich sterben, damit sie sich im Tod nicht so weit von mir entfernen und ich sie auf dem Pfad ins Jenseits bald einholen würde.

Sie stand im Bug des Umiak. Auf dem Kopf trug sie eine große Mütze mit einem Schild, der einen Schatten über ihre Augen warf. Der Wind blähte den langen schwarzen Mantel auf, der lose von ihren Schultern herunterhing. Ihr Gesicht war schmal und blass und vom linken Arm hing ihr eine braune Ledertasche.

Mr Ross war mit uns zum Ufer hinuntergegangen, wo sich fast alle Dorfbewohner versammelt hatten. Die Männer fuhren mit den Kajaks und den beiden anderen Umiaks hinaus zum Kutter, der eine halbe Meile von der Insel entfernt im rauen Wasser vor Anker lag. Es war Frühling. Die letzten Eisschollen trieben an unserer Insel vorbei. Der Kutter hatte Ware geladen, die für uns bestimmt war. Tabak, Lebensmittel, Stoffe. Munition für die Jagdgewehre. Bücher für die Schule. Während des Winters war auf Ugiuvak alles knapp geworden.

»Siehst du, wie weiß sie ist«, flüsterte Simon, der neben mir stand. »Man könnte sie für einen Geist halten, der aus der Tiefe des Meeres gekommen ist.«

Mr Ross, der Ohren wie ein Luchs hatte, hob die Brauen.

»Wir wissen alle, woher Miss Angela Thornton kommt, nicht wahr?«, ließ er seine dunkle Stimme vernehmen.

»Aus Kansas«, sagte mein kleiner Bruder Edward eilfertig. Den ganzen Morgen hatten wir vor einer großen Landkarte der Vereinigten Staaten von Amerika gesessen, auf der sich der Staat Kansas durch seine rosa Farbe von den anderen Staaten abhob. Auch Alaska, obwohl ein Territorium, befand sich auf der Karte, hellblau und von den anderen Staaten getrennt, mit einem winzigen Fleck an der Stelle in der Beringstraße, wo sich Ugiuvak befand.

Ich konnte mir nicht vorstellen, dass jemand von so weit her nach Ugiuvak kam um den Sommer hier bei uns zu verbringen, schon gar nicht ein solch dünnes, blassgesichtiges Mädchen, das wirklich mehr wie ein Geist aussah als ein Wesen aus Fleisch und Blut.

Das Umiak legte an. Einige Männer sprangen auf den flachen Fels, von dem die Holztreppe zu unserem Dorf hochführte. Sie hielten das Boot an dicken, aus Robbenfellstreifen geflochtenen Tauen fest, so dass es von den Wellen nicht gegen den Stein geschlagen werden konnte. Zuerst kletterte Vater Thornton aus dem Boot. Dann half er dem Mädchen heraus. Mr Ross ging ihnen entgegen. »Miss Thornton, im Namen aller Bewohner dieser kleinen Insel heiße ich Sie auf Ugiuvak herzlich willkommen«, begrüßte er das Mädchen und verbeugte sich dabei.

Das Mädchen blickt an den steilen Hängen der Insel hoch, an denen dicht gedrängt, als könnten sie sich gegenseitig vor dem Hinunterstürzen bewahren, unsere Häuser klebten. Sie öffnete den Mund, als wollte sie etwas sagen, aber dann schloss sie ihn wieder und Mr Ross drehte sich uns zu und hob die Hände. Das war das Kommando für Mary Pikonganna, die von uns allen die reinste Stimme hatte, den Ton anzugeben. Wir nahmen den Ton auf und begannen im Chor das Lied *Down in the Valley* zu singen. Die ganze Zeit, während wir sangen, stand Angela Thornton neben ihrem Onkel, unbeweglich, die Augen auf mich gerichtet. Auf mich!

Ich ließ mich so verwirren, dass ich die Worte des Liedes vergaß. Simon stieß mich mit den Ellbogen an. Mr Ross bemerkte es. Er runzelte die Stirn. Neben mir sang Simon mit kräftiger Stimme, jedoch ziemlich falsch. Ich bewegte den Mund, als würde ich mitsingen, aber Mr Ross ließ sich nicht zum Narren halten. Er drohte mir beim Dirigieren mit dem Zeigefinger.

Das schmale blasse Gesicht von Angela Thornton verzog sich zu einem Lächeln. Sie wusste, dass sie es war, die mich in Schwierigkeiten brachte. Aber das schien ihr geradezu Spaß zu machen.

Ich nahm mir vor sie fortan nicht zu beachten, ganz egal, wie lange sie sich bei uns aufhielt. Dies gelang mir bis zu einem Tag im Juli, als wir im Dorf den Eisbärentanz feierten.

19. Januar

Der vierzehnte Tag
Der Wunsch zu träumen

»Vincent!«

Es war Angies Stimme, die mich aufweckte. Ich öffnete die Augen. Schummriges Zwielicht herrschte in der Hütte. Das Geheul des Windes drang durch die Mauern. Regungslos lag ich am Boden, die Knie angezogen und mit den Armen vor der Brust gekreuzt. Ich atmete durch das Fell meiner Fäustlinge, an denen mein Atemhauch zu glitzernden Klumpen gefroren war.

»Vincent!«

Zum zweiten Mal hörte ich im Lärm des Windes Angies Stimme, aber ich war hundertprozentig sicher, dass ich im Begriff war, den Verstand zu verlieren. Ich schloss die Augen und hoffte, dass mich der Schlaf dorthin zurückbringen würde, wo ich in meinem Traum eben noch gewesen war. Ich wollte weiterträumen und der Traum sollte nach meinem Tod Wirklichkeit werden, genauso wie er Wirklichkeit gewesen war, während ich geschlafen hatte. Nichts Schöneres und Angenehmeres konnte ich mir vorstellen, als im Schlaf zu sterben und im Jenseits Angie wieder zu finden und Paul Kasgnoc und

Simon, die mir vorausgegangen waren und ganz bestimmt auf ihrem langen Weg irgendwo auf mich warteten.

Ich lag still. Meine Gedanken trugen mich zurück nach Ugiuvak und zu dem Tag, an dem Angie auf unsere Insel kam. Ich war dabei, einzuschlafen, als ich an der Schulter eine Berührung spürte. Ich schrak hoch. Im Dämmerlicht des frühen Morgens sah ich Angie auf dem Lager sitzen, die rechte Hand nach meiner Schulter ausgestreckt.

»Vincent«, sagte sie leise, »du musst Hilfe holen!«

Ich starrte sie an, als wäre sie ein Geist. Ihr Gesicht war furchtbar eingefallen und voller dunkler Beulen, von denen mehrere aufgeplatzt waren.

»Du lebst?«, stieß ich ungläubig hervor. Angie nickte. Ihr Mund bewegte sich und es sah aus, als versuchte sie zu lächeln.

»Ich lebe«, flüsterte sie. »Wir leben beide!«

Ich kroch zu ihr aufs Lager und wir weinten beide. Und während wir weinten und uns umarmten, bedankte ich mich beim Allmächtigen dafür, dass Angie noch da war und ich nicht im Jenseits nach ihr suchen musste.

Angie hatte nicht mehr die Kraft, sich vom Lager zu erheben. Sie war so schwach, dass sie sich ohne meine Hilfe nicht einmal mehr aufsetzen konnte. Ich wollte ihr vom fauligen Robbenfleisch zu essen geben, aber sie weigerte sich. Sie trank nur ein wenig Wasser aus meinem Beutel.

Ich wollte selbst ein Stück Fleisch essen. Dabei wurde mir übel. Mein Magen krampfte sich zusammen und ich musste erbrechen.

»Wir sterben beide in dieser Hütte, wenn es dir nicht gelingt Hilfe herbeizuholen«, sagte Angie so leise, dass ich ihre Worte fast nicht verstehen konnte. Sie nahm meine Hand und drückte sie schwach. »Du musst das Dorf finden, Vincent, das Dorf am Fuße des Berges.«

»Das Dorf? Bist du sicher, dass es das Dorf wirklich gibt?«

»Du hast gesagt, dass es das Dorf gibt, Vincent. Es ist unsere einzige Chance. Wenn du hier bleibst, sterben wir beide.«

»Wenigstens sterben wir zusammen.«

Sie hob den Kopf. Ihre Augen glitzerten in den tiefen dunklen Höhlen. Langsam beugte sie sich vor und ihre verschwollenen Lippen öffneten sich.

»Ich will nicht aufgeben«, flüsterte sie. »Ich will niemals aufgeben, Vincent.«

Ich legte einen Arm um sie und drückte sie fest an mich.

Als ich aus der Hütte kroch, fiel mich der Sturmwind an wie ein zähnefletschendes Ungeheuer. Ich versuchte meine Augen mit der vorgehaltenen Hand zu schützen, aber ich konnte trotzdem nichts sehen. Sorgfältig verschloss ich den Eingang der Hütte, in der Angie auf dem Lager in Ohnmacht gefallen war. Mit Mühe gelang es mir, mich am Eisstock hochzuziehen und aufzustehen. Noch in der Hütte hatte ich mir die Schneeschuhe angeschnallt und die Kapuze meines Fellparkas so dicht zugezogen, dass nur noch meine Augen frei waren. Der Wind war so kalt, dass ich das Gefühl hatte, er würde mir die Augen verbrennen. Ich hielt mir den Arm vors Gesicht um mich besser zu schützen. Dann begann ich mich langsam von der Hütte zu entfernen. Das Gelände stieg an, und als ich stehen blieb und zurückblickte, konnte ich die Hütte nicht mehr sehen.

20. Januar

Der fünfzehnte Tag
Allein in der Tundra

Die Nacht verbrachte ich in einem Schneeloch sitzend. Der Wind ließ etwas nach, aber es wurde im Laufe der Nacht noch kälter. Am Morgen waren meine Glieder so steif, dass ich mich kaum mehr bewegen konnte. Ich stürzte mehrere Male und schaffte es kaum mehr, aufzustehen. Als ich ein Stück gegangen war, spürte ich mitten im Schritt, wie an meinem verletzten Fuß irgendetwas kaputtging. Ich hörte ein schnappendes Geräusch und ich merkte von dem Moment an, dass mein Fuß lose am Bein hing und dass er meinem Willen nicht mehr gehorchte. Da ich keine Schmerzen hatte, humpelte ich weiter. Als es dunkel wurde, befand ich mich auf einer vom Wind gefegten Tundraebene. In einer flachen Mulde machte ich mich so klein, wie ich nur konnte, und wartete auf den nächsten Tag. Ich schlief nicht. Die ganze Zeit dachte ich an nichts anderes als an Angie. Allein die Hoffnung, dass ich am nächsten Tag das Dorf am Fuße des Berges erreichen würde und Hilfe ausschicken konnte um Angie zu retten, gab mir die Kraft, eine weitere Nacht auszuharren und am nächsten Morgen weiterzugehen.

21. Januar

Der sechzehnte Tag
Süßes Wasser

Ich stand vor dem Berg, dessen Gipfel in den Wolken verschwand, und ich wusste, dass ich den langen Weg hierher vergeblich zurückgelegt hatte. Nirgendwo an seinem Fuße gab es auch nur das geringste Anzeichen dafür, dass hier in der Nähe Menschen lebten. Es gab kein Dorf, nicht einmal eine einzige kleine Hütte, in der ich mich hätte verkriechen können.

In einem schmalen, in die Tundra auslaufenden Tal fand ich eine Quelle. Dort ließ ich mich nieder und trank vom Wasser, das über mächtige Eisgeschwülste herunterrann. Das Wasser schmeckte süß. Seit wir Ugiuvak verlassen hatten, war es das erste richtige Wasser. Süßes Wasser, das wir Quitkuk nennen wie das in der großen Höhle auf unserer Insel. Ich entleerte meinen Beutel und füllte ihn mit dem frischen, süßen Quellwasser. Nicht einen Tropfen davon wollte ich trinken, bis ich wieder bei Angie war. Es trieb mich, sofort aufzubrechen und den Rückweg anzutreten, aber mein Verstand gebot mir mich zuerst einmal auszuruhen. So blieb ich eine oder zwei Stunden bei der Quelle im Schutz von verschneiten Felsbrocken, bis ich glaubte neue Kräfte gesammelt zu haben. Es war später Nachmittag, als ich aufbrach und meiner eigenen Fährte folgte, die in gerader Linie in die Tundra hinausführte. Und da, während ich in die Fußstapfen trat, die ich selbst auf dem Weg zum Berg gemacht hatte, fiel mir auf einmal der Traum ein, in dem ich dem alten Mörder Alluk begegnet war. Ich verharrte mitten im Schritt. War da nicht Alluks Stimme, die im Wind trieb? Ich drehte mich um und blickte zum Berg zurück, aber der Berg war plötzlich so klein und so weit entfernt, dass er wie ein kleiner Hügel aussah.

Ich war so verwirrt, dass ich einen Moment lang nicht mehr sicher war, ob mich mein Traum eingeholt und in sich aufgenommen hatte oder ob ich tatsächlich hier draußen in dieser windgefegten Tundra stand und mit brennenden Augen zu dem Berg zurückblickte, über dem der Himmel in einem merkwürdig bläulich grünen Schimmer erstrahlte. Beklommen wollte ich mich abwenden um mich nicht von irgendwelchen Geistern heimsuchen zu lassen, als ich so deutlich wie in einem Traum des alten Mörders krächzende Stimme vernahm.

»Beeile dich, Mayac! Es zieht ein böser Sturm auf!«

Vor Schreck gelähmt hetzten meine Blicke in alle Richtungen, aber rund um mich herum breitete sich unberührt die Tundra aus, als hätte sich der Himmel wie eine graue fleckige Decke auf sie niedergelassen.

»Wo bist du, alter Mann?«, brüllte ich voller Angst in den Wind. »Warum zeigst du dich nicht?«

Vergeblich wartete ich auf eine Antwort. Ein kräftiger Windstoß warf mich herum. Ich taumelte in meiner Spur rückwärts. Dabei sah ich, wie sich über dem Berg das Auge des Sturmes bildete. Ein böses und drohendes Auge. Schnell drehte ich mich um und trotz meines verletzten Fußgelenkes begann ich zu laufen. Der Wind trieb mich voran. Ich wagte es nicht mehr, anzuhalten und zurückzublicken, denn ich war sicher, dass mich die Geister verfolgten um mir die Seele aus dem Leib zu reißen.

Ich lief und lief, und als es dunkel wurde, brach ich auf der Tundra zusammen.

Der Sturm überfiel mich in der Nacht. Ich saß mit eng angezogenen Beinen im Schnee, den Rücken dem Wind zugedreht, gegen den ich mich nicht schützen konnte. Ich glaubte nicht, dass ich diese Nacht überleben würde.

Der Schnee, der im Wind trieb, deckte mich zu.

22. Januar

Der siebzehnte Tag
Ein Zeichen im Sturm

Als es Tag wurde, kroch ich aus dem Schnee. Wie einer, der in der kalten Asche eines erloschenen Feuers ein Glutnest findet, fand ich tief in mir einen Funken, der meinen Lebenswillen noch einmal aufflammen ließ. Fast eine Stunde brauchte ich dazu, mich aus der Schneewehe zu befreien, die mich über Nacht schützend eingeschlossen hatte. Ich verlor beinahe meine Schneeschuhe, und als ich mich endlich auf den Weg hätte machen können, musste ich sie zuerst ausgraben. In meinen Füßen war kein Gefühl mehr und es dauerte eine Weile, bis ich einigermaßen sicher auf den Schneeschuhen stand. Mit dem Rücken zum Wind taumelte ich ins blendende Schneegestöber hinaus. Es gab nichts mehr, woran ich mich hätte orientieren können, außer dem Wind, der von Nordosten her über die Tundra fauchte und mich pausenlos voranstieß.

Die Geister begleiteten mich. Ich spürte ihre Nähe, aber ich konnte sie nicht sehen. Der Wind verwehte ihre Stimmen. Ich wagte es nicht, stehen zu bleiben. Bestimmt warteten sie nur darauf, dass ich endlich aufgab.

»Ihr könnt lange warten!«, keuchte ich, während ich mich voranschleppte, aber gleichzeitig wusste ich, dass ich diesen Tag kaum durchstehen würde. Ich hatte keine Kraft mehr und mit jedem Schritt wurde auch mein Wille schwächer. In meinen Gedanken begann die Erinnerung an Angie zu verblassen. Ich musste mich zwingen daran zu glauben, dass sie noch am Leben war. Ich musste mich zwingen an sie zu denken. Mit jedem Atemzug keuchte ich ihren Namen. Mit jedem Schritt. Angie ... Angie ... Angie ...

Plötzlich tauchte im Schneetreiben eine Gestalt auf. Ich blieb stehen und rieb mir mit dem Arm über die Augen, damit ich besser sehen konnte. Da stand er, keine zwanzig Schritte entfernt, so, wie ich ihn damals auf dem flachen Stein gesehen hatte, den wir Naniurait nennen. Splitternackt war er, sein hagerer Körper mit blauer und grüner Farbe bemalt, als wäre er der Vater des Sturmes, dessen Auge ich gestern gesehen hatte. Mit beiden Händen hielt er einen Harpunenspeer zum Stoß erhoben.

»Mayac!«, rief er mir zu und der Wind riss ihm die Worte vom zahnlosen Mund. »Mayac, komm her, wenn du leben willst!«

Kaum hatte er ausgesprochen, stieß er den Harpunenspeer kräftig in den Schnee. Im nächsten Moment hatte sich der alte Mörder zu nichts aufgelöst, aber dort, wo er gestanden war, ragte der Schaft des Harpunenspeers aus dem Schnee.

Ich taumelte auf ihn zu. Erst als ich ihn erreichte und nach ihm griff, erkannte ich, dass es nicht ein Harpunenspeer war, der im Schnee steckte, sondern eine Schaufel mit einem langen Holzstiel.

Ich packte den Stiel mit beiden Händen und zog die Schaufel aus dem Schnee. Einen Augenblick lang erwartete ich, dass sie sich in meinen Händen genauso auflösen würde, wie es Alluk getan hatte, und erst als dies nicht geschah, war ich sicher, dass ich sie tatsächlich in der Hand hielt. Sie war das erste Zeichen dafür, dass ich nicht der einzige Mensch in dieser Eiswüste war. Ich schaute mich um, aber es gab keine Spuren. Der Wind hatte sie alle verweht.

Ich stieß die Schaufel in den Schnee zurück und ging weiter. Wie weit ich noch von der Hütte entfernt war, in der ich Angie zurückgelassen hatte, wusste ich nicht. Ich wusste nicht einmal, ob ich sie jemals wieder finden würde.

Ich lag im Schnee.

Angie kam auf mich zu. »Komm«, sagte sie. »Wir gehen nach Hause.« Sie streckte mir die Hand entgegen und ich ergriff sie. Mit ihrer Hilfe gelang es mir, mich zu erheben. Sie schleppte mich mit sich, aber ich stürzte erneut und sie lief weiter ohne sich nach mir umzusehen.

»Angie!«, rief ich ihr nach. Sie hörte nicht. Da begann ich zu kriechen und während ich kroch, tauchte vor mir die Hütte auf. Ich wollte aufstehen und zu ihr laufen, aber meine Füße trugen mich nicht mehr. Auf Händen und Knien kroch ich durch den Schnee bis zum Eingang, über dem der Felllappen hing. Ich entfernte die Steine und hob ihn hoch. Es war fast dunkel in der Hütte. Ich vernahm keinen Laut.

»Angie!«, rief ich hinein.

Nichts.

Ich kroch durch den Eingang und sah sofort, dass die Hütte leer war. Angie war nicht da. Ich rief nach ihr. Niemand hörte mich; nicht einmal die Geister, die draußen im Sturm umhertanzten.

Sosehr ich mich auch anstrengte darüber nachzudenken, was passiert sein mochte, ich fand keine Erklärung dafür, dass Angie nicht mehr da war. Allein in der Hütte, umgeben von einer Wirklichkeit, die langsam zu zerfallen begann, fiel ich in einen tiefen, traumlosen Schlaf. Später erfuhr ich, was während meines Marsches zum Berg und zurück zur Hütte geschehen war.

Am 19. Januar, das war ein Tag, bevor ich die Quelle am Berg erreichte, verließ der Inuit-Jäger Alvan Atatajak mit seinem Hundeschlitten das Dorf Shishmaref um der Küste entlang nach Wales zu fahren, wo er Verwandte besuchen und Proviant einkaufen wollte. Sein Weg führte durch eine der Küste vorgelagerte Inselkette entlang südwärts und Atatajak erwartete am

Abend des ersten Tages eine alte Jagdhütte zu erreichen, die sich zwischen Shishmaref und dem kleinen Inuit-Dorf Ikpek befand. Ungefähr eine Meile von der Hütte entfernt stieß der Jäger auf merkwürdige Schneespuren, die vom zugefrorenen Meer her landeinwärts führten, ziemlich genau in die Richtung, in der sich die Hütte befand. Obwohl der Wind die Abdrücke verweht hatte, konnte Atatajak erkennen, dass diese kleiner waren als die von Schneeschuhen, wie sie von den Inuit auf dem Festland benutzt wurden. Demnach, entschied Atatajak, konnte die Spur nur von zwei der vier jungen Leute stammen, die vor einigen Wochen King Island verlassen hatten und nach denen die ganze Zeit überall gesucht worden war.

Der Jäger aus Shishmaref folgte der Spur bis zur Hütte. Dort fand er Angie vor, während meine Spur von der Hütte weg in östlicher Richtung in die verschneite Tundra hinausführte.

Als es ihm gelang, Angie aus ihrer fiebrigen Ohnmacht aufzuwecken, erfuhr Atatajak, dass ich mich aufgemacht hatte um in einem Dorf beim Cape Mountain Hilfe zu holen und hierher zurückzukehren.

»Es gibt kein Dorf und der Berg ist nicht Cape Mountain«, erklärte ihr der Jäger, während er Angie von seinem Proviant zu essen gab. »Ich muss diesen Vincent Mayac finden, bevor ihn der Blizzard verschlingt.«

Er verließ die Hütte und kam mit einer

Sturmlaterne zurück, die er auf den mit Kerzenwachs bedeckten Stein stellte. »Diese Lampe wird dir Wärme geben«, sagte er zu Angie. Er gab ihr auch eine Decke und legte ihr einen kleinen Beutel mit getrocknetem Robbenfleisch aufs Lager. Es begann dunkel zu werden, als er aufbrach, aber als erfahrener Jäger wusste er, dass er keine Zeit verschwenden konnte, wenn er mich einholen wollte, bevor der Blizzard über uns hereinbrach.

In der Nacht wurde es jedoch so dunkel, dass Atatajak der Spur nicht mehr folgen konnte. Er machte sich im Windschatten des Hundeschlittens ein Lager und schlief, bis der Tag graute. Die vom Wind verwehte Fährte war inzwischen nur noch schwach zu erkennen. Gegen Mittag fing es zu schneien an und nach kurzer Zeit war die Spur überhaupt nicht mehr zu sehen. Atatajak musste sich entscheiden. Entweder suchte er aufs Geratewohl in der menschenleeren Wildnis weiter nach mir und setzte sich der Gefahr aus, vom Schneesturm überrascht zu werden, bevor er mich fand, oder er kehrte zur Hütte zurück um Angie auf schnellstem Weg nach Ikpek zu bringen, bevor der Weg dorthin unpassierbar war. Nach einigem Überlegen wendete er sein Hundegespann und fuhr zur Küste zurück. In der Nacht erreichte er die Hütte, in der Angie, von heftigen Fieberkrämpfen geschüttelt, in Ohnmacht gefallen war. Er trug sie sofort, in die Decke gehüllt, hinaus und legte sie auf die Packen, die er nach Wales transportierte. Er band Angie mit einem Seil fest, holte die Sturmlampe aus der Hütte und ging mit ihr dem Hundegespann voran durch die Nacht. Atatajak überlegte, ob er von seinem geringen Reiseproviant einen Teil in der Hütte zurücklassen sollte, entschied jedoch, dass meine Überlebenschancen im Blizzard gleich null waren und ich deshalb nicht mehr hierher zurückkehren würde.

Am nächsten Morgen erreichte Atatajak Ikpek, ein winziges Eskimodorf, etwa fünfunddreißig Meilen nördlich von Wales. Im Haus einer Inuit-Familie erhielt Angie die erste Pflege, aber die Leute wussten, dass sie nur durch ärztliche Hilfe gerettet werden konnte. Atatjak machte sich mit seinem Schlitten sofort auf den Weg nach Wales. Dort alarmierte er einen Mann namens Joe McLeod von der örtlichen Wetterstation. McLeod funkte die Meldung, dass Angela Thornton lebend geborgen worden war, nach King Island. Dann machte er sich sofort daran, sein Flugzeug für einen Sturmflug nach Ikpek bereitzumachen. Joe McLeod war ein erprobter Pilot, der während der letzten Tage von der Luft aus unermüdlich nach uns Ausschau gehalten hatte, nur weil er absolut sicher sein wollte, dass wir nicht doch noch am Leben waren, während das Militär die Suche eingestellt hatte. Jetzt flog er seine kleine Maschine in einen der schlimmsten Blizzards dieses Winters hinein um Angie vor dem sicheren Tod zu retten.

23. Januar

Der achtzehnte Tag
Zwischen Nacht und Nacht

Ich zog meine Mukluks und die Fellstrümpfe aus um meine Füße zu untersuchen. Draußen heulte der Sturm und das Licht, das durch das Bullauge in die Hütte drang, war so schwach, dass ich meine leblosen Füße kaum erkennen konnte. Trotzdem sah ich, dass sie beinahe schwarz waren vom Wundbrand, der die aufgeplatzten Frostbeulen befallen hatte. Außerdem war mein linker Knöchel dick angeschwollen und am unteren Wadenmuskel hatte sich ein faustgroßer Knoten gebildet, der völlig gefühllos war. Es nützte nichts mehr, die Füße mit Schnee einzureiben. So zog ich die Strümpfe und die Mukluks wieder an und beschloss die Hütte zu verlassen um die Küste entlangzugehen und nach einem Dorf zu suchen. Ich kroch vom Lager zum Eingang. Als ich jedoch den Felllappen anhob, bemerkte ich, dass es draußen nahezu dunkel geworden war.

Die Zeit zwischen Nacht und Nacht war vorbeigegangen, ohne dass ich es wahrgenommen hatte. Ich entschied den nächsten Tag abzuwarten und beim ersten Licht aufzubrechen, falls ich die Nacht überlebte.

Zurück auf dem Lager fiel mein Blick auf die Spalte zwischen den Mauersteinen, in der ich die Zeitungsseite gefunden hatte. Obwohl es nun in der Hütte beinahe dunkel war, bemerkte ich dort einen schmalen schwarzen Streifen, der mir bisher nicht aufgefallen war. Ich richtete mich auf, zog den Fäustling von meiner rechten Hand und tastete mit den Zeigefingern danach. Ohne zu spüren, was ich berührte, gelang es mir, einen kleinen Gegenstand aus der Spalte zu befreien. Er fiel mir auf den Kopf und von dort in den Schoß. Erst jetzt konnte ich erkennen, dass es sich um Angies schwarzes Tagebuch handelte, das sie in die Spalte gelegt und dort vergessen haben musste. Ich griff vorsichtig danach und schlug es auf, aber jetzt war es so dunkel, dass ich ihre Schrift nicht mehr entziffern konnte. Ich legte mich hin und hielt das Tagebuch mit beiden Händen auf meiner Brust fest.

24. Januar

Der neunzehnte Tag
Ein ganz bestimmter Tag im Juli

Lange bevor es hell wurde, wachte ich auf. Jetzt wartete ich auf das erste Tageslicht. Der Sturm lärmte, als ob tausend Ungeheuer auf die kleine Hütte zustürzten um sie mit ihren Zähnen und Krallen auseinander zu reißen.

Noch immer hielt ich Angies Tagebuch gegen meine Brust. Die Zeit wollte nicht vergehen. Ich war ein Gefangener des Sturmes und der Nacht.

Endlich sickerte ein grauer Schimmer durch das vereiste Fensterglas. Ich setzte mich auf und wartete. Etwas anderes blieb mir nicht zu tun. Ich vergaß zu beten.

Mit dem Zeigefinger folgte ich den Zeilen einer zitterigen, fast unleserlichen Schrift, während ich jedes Wort leise vor mich hin sagte.

Es ist heute der 19. Januar. Eben noch war der Mann hier, der mich gefunden hat. Er ist wieder weggegangen um nach Vincent zu suchen. Ein Sturm kommt. Ein Blizzard. Vincent will Hilfe holen, aber der Berg ist nicht Cape Mountain und es gibt kein Dorf dort. Ich liege hier in dieser Hütte und warte. Es bleibt mir nichts anderes zu tun. Wenn Vincent nicht zurückkehrt, will ich sterben. Er ist der Einzige, der mich retten kann.

Die Seite war voll geschrieben. Ich blätterte sie um. Auf der nächsten waren nur noch mit ungelenker Hand ein paar Worte hingekritzelt:

Der Mann, der mich gefunden hat, heißt Atatajak.

Der Rest der Seite war leer.

Ich machte Angies Tagebuch zu.

Es war jetzt Tag, und wenn meine Sinne noch richtig funktioniert hätten, wäre ich sofort aufgebrochen. Stattdessen saß ich auf dem Lager und in meinen Gedanken sah ich, wie sich dieser Mann, dieser Atatajak, den ich nicht kannte, durch den Blizzard kämpfte um Angie nach Shishmaref in Sicherheit zu bringen.

Shishmaref. Ich wusste von diesem Inuit-Dorf nur, dass es sich so weit von unserer Insel befand wie der Mond von der Erde. Ich hatte die Landkarte im Kopf, die Mr Ross manchmal in der Schule aufzog um uns zu zeigen, dass Ugiuvak nicht eine Welt für sich war, sondern nur eine kleine Insel, die zu anderen Inseln gehörte, einige klein wie unsere, andere so groß, dass sie Kontinente genannt wurden. Auf diesen Kontinenten gab es Leute, hatte Mr Ross uns erklärt, die sich überhaupt nicht vorstellen konnten, dass sie auf einer Insel lebten. Wenn ich mich recht erinnerte, war auf der Schullandkarte Shishmaref hoch oben im Norden eingezeichnet von unserer Insel gesehen, auf der anderen Seite der westlichsten Landspitze Alaskas. Ich versuchte mir anhand der Landkarte auszudenken, wie es möglich gewesen war, auf dem Packeis bis hierher zu gelangen. Dreihundert oder mehr Meilen mochten es sein, die wir insgesamt zurückgelegt haben mussten, die meisten davon getrieben von einer kräftigen Nordströmung. Wie weit wir gegangen waren, ich meine, wie viele Meilen wir tatsächlich zu Fuß zurückgelegt hatten, wusste ich nicht, aber mehr als neunzig oder hundert Meilen konnten es nicht sein.

Meine Gedanken verließen mich. Ich schlief ein. Nach kurzer Zeit schrak ich hoch, als hätte mich ein inneres Warnsignal aufgeweckt. Ich musste versuchen Shishmaref zu erreichen. Dieser Sturm konnte mehrere Tage anhalten, ohne dass jemand hierher kommen würde. Ich wusste nicht, wie weit diese Hütte von Shishmaref entfernt war und ob es diesem Atatajak gelungen war dorthin zu gelangen und Alarm zu schlagen, aber selbst wenn dies geschehen war, die Leute dort würden wohl zuerst die Gegend am Berg nach mir absuchen, bevor sie zu dieser Hütte kamen.

Ich hatte keine Wahl. Wenn ich hier blieb und auf Hilfe wartete, würde man mich nur als Toten finden. Ich erhob mich von meinem Lager, verstaute Angies Tagebuch in der Innentasche meines Parkas und ging zum Hütteneingang.

Als ich den Felllappen anhob, wirbelten Schneeflocken herein. Ich kroch hinaus. Draußen steckte der Eisstock im Schnee. Ich stand auf. Der Wind riss mich beinahe um. Es schneite so dicht, dass ich absolut nichts sehen konnte. In diesem Moment fiel mir ein, dass ich nicht einmal wusste, ob sich die Hütte nördlich oder südlich von Shismaref befand. Einige Sekunden lang stemmte ich mich, benommen am Eisstock festhaltend, gegen den Wind, bis ich einsah, dass es ein zu großes Wagnis gewesen wäre, blindlings in den Schneesturm hinauszugehen. Ich kroch in die Hütte zurück und setzte mich aufs Lager. Bald würde es wieder dunkel werden. Es blieb mir nichts anderes übrig, als zu hoffen, dass der Sturm in der Nacht nachlassen würde. Falls ich morgen noch lebte, würde ich dann an der Küste entlanggehen, bis ich entweder Shishmaref erreichte oder ein anderes Dorf.

Während ich auf dem Lager saß, fiel mir Angies Tagebuch ein. Ich nahm es aus dem Parka und schlug noch einmal die Seite mit den letzten Eintragungen auf. Dann blätterte ich ein paar Seiten zurück. Einfach so. Ohne zu lesen. Angie hatte uns nie gesagt, was sie in dieses Tagebuch schrieb, und ich wollte sie jetzt nicht hintergehen.

Eine Zeichnung fiel mir trotzdem auf, ein Gesicht, das ich kannte. Mein Gesicht. Darunter mein Name. VINCENT MAYAC, in großen Blockbuchstaben. Ich blätterte das ganze Tagebuch durch und stieß auf mehrere Darstellungen unseres Dorfes, mit Zeichnungen der Häuser am Steilhang, einer Tranlampe, mit Leuten auf dem Dach eines Kagri, der schmalen Holztreppe, die vom Meeresufer durch unser Dorf bis zur Kirche hochführte, der Kirche selbst, mit dem kleinen Glockenturm.

Kein einziges anderes Gesicht außer meinem.

Dann entdeckte ich auf einer anderen Seite das Herz, durchbohrt von einem Pfeil und die Buchstaben *A* und *V*. Nichts sonst auf dieser Seite außer einem Datum. *11. Juli.* Es fiel mir nicht schwer, mich an diesen Tag zu erinnern. Es war der Tag, an dem im Kaluilat Kagri der Eisbärentanz abgehalten worden war. Bis zu jenem Tag hatte ich nie ein Wort mit Angie gesprochen, obwohl sie schon mehrere Wochen bei uns auf der Insel war und wir in der Schule in der gleichen Bankreihe saßen.

Wir hatten den ganzen Tag getanzt und getrommelt und am Abend gab es »Eskimo Eiscreme«, einen gefrorenen Brei aus Schwarzbeeren, Rentierfett und Robbenöl. Ich verließ das Kagri um mich in der Abendluft zu kühlen. Als ich mich ein Stück vom Kagri und den Leuten entfernte und mich auf einen Stein am Hang setzte, sah ich unten am Meeresufer eine Gestalt.

Es war Angie. Ich ging die Treppe hinunter, und als sie mich bemerkte, tat ich, als hätte ich sie bis zu diesem Moment auch nicht gesehen. Ich blieb auf der Treppe stehen und Angie blieb auf dem Stein am Ufer sitzen. Fieberhaft überlegte ich mir, was ich ihr hätte sagen können um eine Unterhaltung in Gang zu bringen, aber mein Kopf war so durcheinander, dass mir nichts einfiel, außer Dingen, die ich ihr nicht zu sagen wagte. Völlig durcheinander stopfte ich die Eiscreme in mich hinein, bis der Tanz weiterging und ich zu den anderen Trommlern zurückkehren musste.

Die leere Eiscremeschale in der Hand, drehte ich mich um und begann die Treppe hochzulaufen, aber da hörte ich ihre Stimme und natürlich blieb ich sofort stehen.

»Vincent Mayac, wolltest du mir nicht etwas sagen?«

Ich drehte mich um. Angie kam zum Fuß der Treppe und die Stufen hoch.

»Ich ... ich ... nein, ich wollte dir nur sagen, dass du mich in meinem Kajak einmal auf die Robbenjagd begleiten kannst, wenn du willst.«

»Zu zweit in einem Kajak?« Sie lachte auf. »Mein Onkel würde das niemals zulassen.«

»Nein, ich werde Vaters Kajak benützen und du meines«, erklärte ich schnell.

Sie blieb einige Stufen unter mir stehen. Wir blickten uns in die Augen und ich merkte, wie mir dabei die Knie weich wurden.

»Mädchen gehen nicht auf Robbenjagd«, sagte sie schließlich ernst.

»Wir sagen es niemandem«, gab ich ihr genauso ernst zur Antwort, aber Sekunden danach mussten wir beide lachen, denn wir wussten, wie schwierig es gewesen wäre, so etwas vor den anderen Leuten geheim zu halten. Wir liefen zusammen die Treppe hoch und vor dem Kagri blieben wir noch einmal stehen.

»Ich werde dich an dein Versprechen erinnern, Vincent Mayac«, sagte sie, nach Atem ringend.

Ich nickte. »Gut. Aber ich vergesse es bestimmt nicht.«

Ich wollte mich umdrehen um ins Kagri zu gehen, aber sie hielt mich am Arm zurück.

»Wisch dir zuerst den Mund ab«, sagte sie. »Er ist ganz verschmiert.«

Wir mussten erneut lachen, obwohl eigentlich gar nichts Lustiges passiert war, und später fragte ich mich im Stillen, ob das vielleicht ein Zeichen dafür war, dass ich mich in dieses fremde Mädchen verliebt hatte.

Dies war am 11. Juli geschehen, am Tag, an dem Angie kommentarlos ein pfeildurchbohrtes Herz mit zwei Buchstaben in ihr Tagebuch gezeichnet hatte; *A* für Angela und *V* für Vincent.

Ich klappte das Tagebuch zu und schob es in die Lücke zwischen den beiden Steinbrocken zurück, wo ich es am Tag zuvor gefunden hatte. Dann legte ich mich auf dem Lager hin, machte mich klein und dachte an jenen Tag zurück und jetzt wusste ich die Antwort auf meine Frage mit hundertprozentiger Sicherheit. Es gab keinen Menschen auf der Welt, der mir mehr bedeutete als dieses Mädchen, das im Frühling von einer fremden Welt auf unsere Insel gekommen war.

25. Januar

Der zwanzigste Tag
Der Mann aus Ikpek

Am Morgen griff ich mit zitternder Hand nach Angies Tagebuch und schob es in die Innentasche meines Parkas. Dies allein war eine Anstrengung, die mich Überwindung und Kraft kostete. Dämmerlicht fiel durch das Bullauge in die Hütte. Der Sturm war in der Nacht schwächer geworden. Ich wusste nicht, ob es noch schneite, aber ganz gleich, wie es draußen aussah, ich wusste, dass dieser Tag mein letzter sein würde.

Ich betete.

»Zeig mir den Weg nach Shishmaref«, betete ich. »Aber wenn ich unterwegs sterben soll, dann ist das auch in Ordnung.«

Ich dachte, dass ich vielleicht sterben musste um Angie wieder zu sehen. Es war ein guter Gedanke, der mir Hoffnung machte. Ich kroch vom Lager herunter und auf den Eingang zu, als ich plötzlich Hundegebell vernahm. Auf allen vieren verharrte ich und lauschte. Es war tatsächlich Hundegebell, das schnell lauter wurde und näher kam. Ich kroch zum Eingang und schlug den Felllappen zurück. Das Weiß draußen blendete mich und ich musste die Augen zusammenkneifen, damit ich den Schatten sehen konnte, der sich auf mich zu bewegte. Er wurde schnell deutlicher und deutlicher und ich vermochte bald auszumachen, dass es sich bei dem Schatten tatsächlich um einen Hundeschlitten handelte, ein Gespann von acht Hunden und einem Mann, der den Schlitten steuerte und die Hunde mit kurzen Rufen anfeuerte.

Ich merkte nicht, wie meine Beine unter mir einknickten und ich vor dem Hütteneingang in die Knie sank.

Das Hundegebell verstummte plötzlich. Ich wischte mir mit dem Ärmel über die Augen, denn für einen Moment wagte ich es kaum, noch einmal hinzusehen. Als ich jedoch den Ärmel von meinem Gesicht nahm, war der Mann mit dem Hundegespann immer noch da. Er kam um den Schlitten herum. Einer der Hunde bellte ihn an. Die anderen standen hechelnd und mit heraushängenden Zungen im Geschirr und blickten mich an, als hätten sie noch nie einen Menschen auf den Knien gesehen.

Der Mann trat vor mich hin und öffnete die Kapuze seines Robbenfellparkas, der mit Schnee und Eis behangen war. Ein dunkles, von tiefen Falten durchzogenes Gesicht wurde sichtbar, ein dünner, an den Enden herunterhängender Schnurrbart und zwei mich forschend anblickende Augen.

»Junge, bist du einer von der Insel Ugiuvak?«, fragte mich der Mann in unserer Sprache, jedoch mit einem fremdartigen Akzent.

»Ja«, hörte ich mich selbst antworten. Mehr nicht. Ich brachte kein einziges Wort mehr heraus und der Mann bückte sich schnell zu mir hinunter, als er sah, dass ich das Gleichgewicht verlieren und in den Schnee stürzen würde.

»He, Junge, bleib bei mir«, sagte er und schüttelte mich, damit ich die Besinnung nicht verlor. Dann schleifte er mich zum Schlitten. Er gab mir zu essen und zu trinken und er hatte Wolldecken dabei, mit denen er mich umwickelte, bis ich wie ein Paket verschnürt auf dem Schlitten lag und nicht einmal mehr meine Nasenspitze sichtbar war.

Ich war so erschöpft, dass ich auf der Fahrt einschlief. Von der Hütte bis nach Ikpek waren es 25 Meilen. Zu Fuß hätte ich das nie geschafft. Erst in Ikpek, als man mich in ein Haus trug, wachte ich auf. Leute, die ich nicht kannte, umringten mich. Der Mann, der mich hierher gebracht hatte, half mir mich aufzurichten.

»Ich bin Billy Nonock«, sagte er. »Ein Jäger aus Shishmaref kam hierher und er berichtete uns von dir. Er sagte, dass du zum Ear Mountain gegangen bist, weil du gedacht hast, dass es Cape Mountain ist und sich dort ein Dorf befindet. Der Jäger aus Shishmaref sagte, dass du wahrscheinlich nicht mehr am Leben bist, aber ich dachte, dass einer, der so lange im Packeis überlebt hat, am Ende nicht einfach aufgibt. Ich dachte, dass du zur Hütte zurückgegangen bist und dass ich dich dort finden werde. Ich musste nur warten, bis der Sturm nachließ, und heute Nacht weckte mich meine Frau um mir zu sagen, dass der Wind schwächer geworden ist. Ich bin sofort losgefahren.« Die Frau flößte mir heißen Tee ein. Draußen lärmten Hunde. Der Mann sagte, dass sich sein Sohn auf den Weg nach Wales machte, damit man mich von dort mit dem Flugzeug abholte. In Ikpek gab es keinen Radiosender und keinen Arzt.

Jemand fragte mich nach meinem Namen.

»Vincent«, sagte ich. »Vincent Mayac.«

»Du hast Glück gehabt, Vincent Mayac«, sagte eine der Frauen. »Der Sturm hätte noch tagelang andauern können.«

Ich fragte sie nach Angie.

»Der Jäger aus Shishmaref hat das Mädchen hergebracht«, sagte die Frau. »Das Mädchen war beinahe tot. Ich weiß nicht, ob es überhaupt noch lebt. Man hat es von hier nach Nome geflogen, ins Spital. Es ist kein Mädchen von der Insel Ugiuvak, nicht? Sie ist keine von uns Inuit.«

»Sie ist eine von uns«, gab ich ihr mit fester Stimme zur Antwort. »Ohne sie wäre ich im Packeis gestorben, zusammen mit Paul und Simon.«

Die Frauen steckten die Köpfe zusammen und flüsterten eifrig miteinander. Der Mann, Billy Nonock, schüttelte den Kopf.

»Sie sah nicht aus wie eine von uns«, sagte er, den Worten nachhörend. »Aber wenn du es sagst, dass sie eine von uns ist, dann ist sie wohl eine von uns. Wie heißt sie denn?«

»Angela«, sagte ich und dabei fielen mir die Augen zu und ich schlief ein.

26. Januar

Der einundzwanzigste Tag
Im Spital von Nome

Ein heftiger Sturmwind blies die Küste entlang und durch das kleine Dorf Ikpek, als Joe McLeod sein Flugzeug auf einer schneeverwehten Ebene keine zweihundert Yards von Billy Nonocks Haus hart aufsetzte. Die kleine Piper machte ein paar Sprünge, bevor sie schließlich am Dorfrand zum Stehen kam.

Die Leute trugen mich sofort aus dem Haus und brachten mich zum Flugzeug. Joe McLeod half ihnen mich im Rumpf unterzubringen. Nur wenige Minuten nachdem es gelandet war, befand sich das Flugzeug wieder in der Luft. Joe McLeod versuchte Radiokontakt mit der nächsten Bodenstation aufzunehmen, kam aber nicht durch. Das kleine Flugzeug wurde vom Sturmwind herumgestoßen wie ein flügellahmer Vogel. Manchmal hörte ich Joe McLeod fluchen.

Hin und wieder blickte er über die Schulter zurück.

»He, lebst du noch, Junge?«, fragte er jedes Mal. »Mach mir jetzt nur nicht schlapp! Wir sind bald in Nome.«

Ich fragte ihn nach Angie.

»Wenn die Knochenflicker in Nome nicht gepfuscht haben, lebt das Mädchen«, antwortete er.

Ich schlief ein. Vielleicht wurde ich auch ohnmächtig. Als ich erwachte, lag ich auf einem Bett mit Rädern und man schob mich durch einen langen Flur.

»Er ist aufgewacht«, hörte ich jemanden sagen.

»Gut«, antwortete eine Stimme.

Ein blasses Gesicht erschien über mir. »Angie?«

»Oh nein, mein Junge, ich bin Schwester Elizabeth.«

»Er fragt nach dem Mädchen«, sagte eine andere Stimme. Mein Bett prallte gegen die Wand. Eine Flasche, die über mir an einem Gestell hing, fiel beinahe vom Haken.

»Alles ist gut«, sagte Schwester Elizabeth. Sie drückte mir eine Maske auf das Gesicht. »Tief atmen, mein Junge. So ist es recht. Schön tief atmen.«

Ich verlor das Bewusstsein.

Als ich erwachte, war mir furchtbar übel. Ich musste mich übergeben. Dabei hörte ich Leute reden, aber ich verstand kein Wort.

Es dauerte eine Weile, bis ich mich in der Wirklichkeit zurechtfand. Ich lag im Bett in einem grün gestrichenen Zimmer. Eine Lampe an der Decke spendete Licht. Ich hob den Kopf und blickte mich um. Neben meinem Bett stand ein anderes Bett. Ein alter Mann lag darin. Der alte Mann hatte die Augen geschlossen. Er sah aus wie tot, aber ich sah, dass sich unter der Decke seine Brust hob und senkte.

Auf dem Nachttisch, der zu meinem Bett gehörte, lag Angies Tagebuch.

Als ich das nächste Mal erwachte, ging es mir besser.

Ein Mann in einem weißen Doktorkittel stand neben meinem Bett. Er beobachtete mich und schrieb etwas auf einen Zettel.

Ich fragte ihn nach Angie.

»Es geht ihr gut«, sagte er. Er drehte sich um und ging hinaus. Ich hob den Kopf. Das Bett nebenan war leer. Angies Tagebuch lag nicht mehr auf dem Nachttisch.

27. Januar

Der zweiundzwanzigste Tag
Warten auf den Sommer

An diesem Tag erfuhr ich, dass Angie nicht mehr in Nome war. Nachdem man ihr in einer Notoperation mehrere Zehen und zwei Finger an der linken Hand amputiert hatte, war Angie über Seattle nach Kansas zurückgeflogen. Ihre Mutter war nach Nome gekommen um Angie nach Hause zurückzubegleiten. Schwester Elizabeth sagte mir, dass Angie ihr Tagebuch mitgenommen hatte. Das Einzige, was sie zurückgelassen hätte, wäre eine Seite daraus, die sie mehrfach zusammengefaltet hatte.

Schwester Elizabeth gab sie mir, und als ich allein war, faltete ich sie auseinander.

Ich liebe dich, Vincent Mayac, hatte Angie auf die Seite gekritzelt. *Eines Tages werden wir uns wieder sehen.*

Damit niemand die Seite fand und lesen konnte, was Angie geschrieben hatte, zerkaute ich sie im Mund und schluckte sie.

Später an diesem Tag wurde ich aus dem Zimmer geholt. Man flog mich von Nome nach Kotzebue ins Alaska Native Service Hospital, das für die Pflege von Inuit bestimmt war. Dort wurde ich noch einmal operiert und man entfernte alle abgefrorenen Teile von meinen Händen und Füßen.

Ich blieb bis zum April in diesem Spital. Ich musste lernen, auf meinen Füßen zu gehen ohne hinzufallen. Am Anfang bewegte ich mich wie ein Pinguin. Die Hohlräume in meinen Schuhen, in denen sich eigentlich meine Zehen hätten befinden sollen, stopfte ich mit Zeitungspapier voll. Nach einigen Wochen ging es besser und bald konnte ich wieder gehen ohne zu watscheln. Aber der Spitzname blieb mir. »Pinguin« nannten mich die Leute in Kotzebue.

Ich erhielt in dieser Zeit zwei Briefe von Angie. Im ersten Brief schrieb sie, dass sie trotz amputierter Zehen wieder gehen konnte und dass sie nicht mehr bei ihrer Mutter und deren Mann lebte, sondern in einem Mädchenheim in der großen Stadt Kansas City. Mehr verriet sie nicht über ihr Verhältnis zu ihrer Mutter, aber im zweiten Brief schrieb sie, Vater Thornton hätte ihr Geld geschickt, damit sie im Sommer nach Ugiuvak kommen konnte. Nun konnte ich es kaum mehr erwarten, nach Hause zurückzukehren, auf unsere Insel. Anfang April wurde ich abgeholt. Man flog mich nach Wales. Von dort brachte man mich mit einem Kutter nach King Island. Nur noch vereinzelte Eisschollen trieben im Meer, als ich zurückkehrte.

»Ich wusste, dass du als Einziger zurückkehrst«, sagte meine Mutter zu Hause. »Deine Mukluks haben nie aufgehört sich zu bewegen.«

»Angie wird auch zurückkehren, Mutter«, sagte ich.

Meine Mutter lächelte nur.

Ich wartete auf den Sommer. Manchmal fuhr ich mit meinem Kajak hinaus, so weit, bis ich unserer Insel zu trinken geben konnte. Einmal war hier draußen nur Eis und Schnee gewesen. Vor langer, langer Zeit, schien es.

Jetzt wird es bald Sommer.

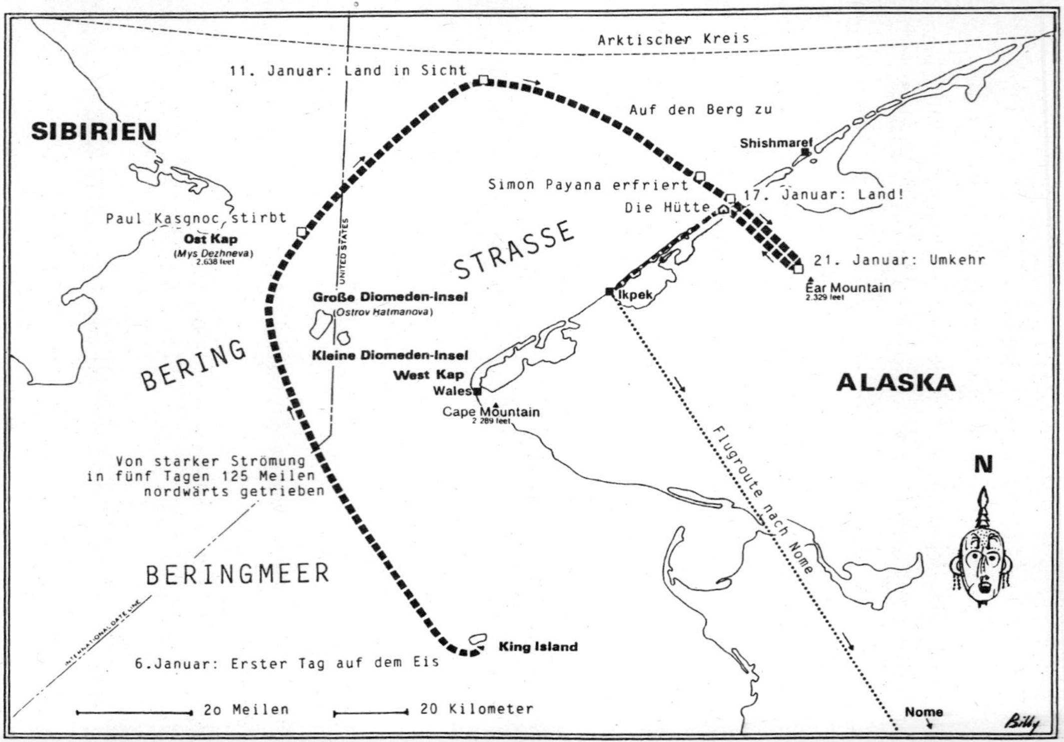
Arktischer Kreis
11. Januar: Land in Sicht
SIBIRIEN
Auf den Berg zu
Shishmaref
Simon Payana erfriert
17. Januar: Land!
Die Hütte
Paul Kasgnoc stirbt
Ost Kap
(Mys Dezhneva)
2.638 feet
UNITED STATES
STRASSE
21. Januar: Umkehr
Ear Mountain
2.329 feet
Ikpek
Große Diomeden-Insel
(Ostrov Ratmanova)
Kleine Diomeden-Insel
BERING
West Kap
Wales
ALASKA
Cape Mountain
2 289 feet
Flugroute nach Nome
N
Von starker Strömung
in fünf Tagen 125 Meilen
nordwärts getrieben
BERINGMEER
INTERNATIONAL DATE LINE
King Island
6.Januar: Erster Tag auf dem Eis
20 Meilen
20 Kilometer
Nome
Billy